Jens Korbus

Unterhaltungen deutscher Aufgestiegener

Die Deutsche Nationalbibliothek verzeichnet diese Publikation in der Deutschen Nationalbibliothek; detaillierte bibliographische Daten sind im Internet über http://dnb.d-nb.de abrufbar.

Umwelthinweis:
Dieses Buch wurde auf chlorfrei
gebleichtem Papier gedruckt.

© 2018 by Jens Korbus
Herstellung und Verlag:
BoD – Books on Demand, Norderstedt
1. Auflage
Layout und Cover: Manuela Wirtz, www.manuwirtz.de

Der Erzählzyklus erschien im Jahr 1998 in kleiner Auflage
unter dem Titel: „Tie-Break im Taunus".

Printed in Germany
ISBN 9783746056111

Jens Korbus

Unterhaltungen deutscher Aufgestiegener

Zwei Erzählungen und ein Erzählzyklus

Augenblicke ihres geheimen Lebens miteinander zogen wie Sternschnuppen durch sein Gedächtnis.

James Joyce, Die Toten

CHRISTUS IN DER KELTER

DIE Wagen bogen langsam auf den Parkplatz des Weinhauses Syré in Bendorf am Rhein ein. Audi, BMW, Mercedes. Nur Johann fuhr einen Golf. Sogar Thomas, der jüngste Neffe von Tante Hidda, war aus Bielefeld mit seiner Frau und seinen zwei Kindern gekommen. Alle parkten hinter der Hauswand, vor der Herr Syré Gemüse für seine Küche zog. Herr Syré war der Koch hier im Bistrorant. Und er hätte längst schon einen oder zwei Sterne, wenn das Ambiente besser gewesen wäre oder wenn er Wert darauf gelegt hätte. Er war der Paul Bocuse des Rheinlandes, um das Weitere kümmerte er sich nicht, denn die Gäste kamen von nah und fern, auch aus anderen Bundesländern.

Drinnen im Foyer war Frau Baumgarten, die einzige Bedienung, schon ganz aufgeregt. Und Frau Syré, ein Musterbeispiel für Gastfreundschaft, versicherte ihr, sie würde ihr unbedingt bei der ganzen Arbeit helfen. Vor dem Eingang gab es einen Windfang, dann war man im Restaurant, das im Stil der 60er Jahre eingerichtet war. Hinter dem Restaurant gab es einen großen Raum. In diesem Raum war eine große Tafel für vielleicht fünfundzwanzig Menschen festlich gedeckt, Teller, Bestecke und Gläser schon aufgestellt. Dazwischen hatte Frau Syré kleine Silberkonfetti gestreut und Blumen und Kerzen aufgestellt. An den Plätzen standen Namensschildchen, und Johann war froh, dass er neben Dottie und einem ihm unbekannten Architekten zu sitzen kam, der wie der berühmte Kommunikationsforscher Watzlawick hieß. Der hintere Raum wurde nur für besondere Anlässe genutzt, oder wenn das Restaurant zu voll war. Frau Syré stellte dort in Monatsabständen Bilder jüngerer Künstler aus. Dieser hier schwankte zwischen konkreten Früchten und abstraktem Drumherum! – Die Bilder zeigten Früchte auf farbigen gemusterten Tüchern ausgebreitet. Auf den Fotos, die Johann zu machen gedachte, würden diese wunderbaren Bilder zu sehen sein. Ein großes grünes Bild erinnerte an eine pointilistische Gartenlandschaft. Es war ein schöner Hintergrund für die gerade beginnende Tafelrunde. Auf einem anderen Bild lag ein Bündel Mohrrüben auf einer gestreiften Tischdecke. Das war alles. Ein Bergmassiv, oder was war es sonst, reckte sich, leicht gerundet, in die Landschaft. Auf dem dritten Bild sah man so etwas wie Faltenwürfe aus Stoff mit einer Ananas darauf. Der Künstler war originell. Aber noch nicht ausgereift!

Johann setzte sich noch nicht, sondern ging in die Saalecke, in die sich Dottie zu seinen Tanten geflüchtet hatte: Annegret und Elisabeth, seine Mutter Lieselotte war vor zwei Jahren mit sechsundachtzig gestorben. Er erinnerte sich, wie er die drei übriggebliebenen Schwestern seiner Mutter, Annegret,

Hidda und Undine, alle drei mit Sonnenbrille und toughen Gesichtern, vor dem gemauerten Kamin im Vorgarten fotografiert hatte. Er fragte sich, ob seine Geburtstagsrede, die er halten würde, nicht zu kompliziert wäre. Aber er hatte sich kurzgefasst, und was Tante Annegret für ihn abgetippt hatte, machte nur eineinhalb DIN A4 Seiten aus. Aber er war doch nervös und hoffte, dass ihm beim Vorlesen nicht die Hände zittern würden.

Es war immer ein großes Ding, wenn die Familie Brockner im Weinhaus Syré Geburtstag feierte. Und jetzt wurde Tante Hidda neunzig, die Klügste und Stolzeste aller seiner Tanten. Diesmal kamen nicht nur Familienangehörige, sondern auch Fremde und nahe Bekannte aus dem Alltag und dem Berufsleben, das sie jetzt fünfundzwanzig Jahre hinter sich hatte. Sie hatte es verstanden, auch Fremde, die ihr eigentlich nicht nahe standen, zu sich heranzuziehen. Ihre drei Geschwister, Frederik, der jüngste, Annegret und Elisabeth, waren die einzigen, die von den sieben Kindern übriggeblieben waren. Johanns Mutter, Lieselotte, war nach einem ärztlichen Kunstfehler gestorben, der zweitjüngste Bruder Ingo an Prostatakrebs. Vier waren also gestorben, einschließlich Undine, die plötzlich nichts mehr gegessen hatte. Sie war die Intelligenteste und mathematisch Begabteste unter den sieben Geschwistern gewesen. Sie war die Privatsekretärin des damaligen Bonner Wohnungsbauministers Lauritz Lauritzen gewesen und hatte später im Familienministerium gearbeitet. Dass Johanns Mutter als einziges von fünf Mädchen Abitur machen und studieren durfte, hat sie ihr nie verziehen.

Frau Baumgarten ging unter den Stehenden herum und schenkte Sekt und Maracuja-Cocktails aus. Er nahm ein Glas Orangensaft als Aperitif. Dottie unterhielt sich drüben mit den beiden Kindern von Frederik, Krimhild und Thomas, seinem Cousin. Sein Bruder Christian war immer noch nicht da. Er kam meistens zu spät. Doch, eben kam er mit seiner Frau Hera durch die Verbindungstür zwischen Restaurant und Saal. Mit einem stolzen Gang und Siegerpose, wie immer. Er war Rechtsanwalt, hatte einen Zehnstundentag und machte nicht viel Aufhebens davon. Er nahm sich einen Maracuja-Cocktail und kam zu ihnen herüber. Seine Frau trank Wasser, weil sie fahren wollte.

„Du bist ja heute weit gefahren", sagte Christian.

„Ich fahre heute nicht mehr zurück nach Köln. Wir haben Wochenende, und ich brauche morgen nicht in die Schule."

Christian machte sonst immer eine Anspielung auf die Beamten, aber heute verkniff er sich das.

„Seid ihr im Rheinblick?" fragte er.

„Sind ja nur fünf Minuten bis nach da oben." Christian war neun Jahre jünger als Johann, aber er benahm sich, als wäre er der Ältere. Johann hatte ihn fast mit großgezogen, und es gab alte Fotos, auf denen Christian ihm bis zum Gürtel reichte. Heute war er einen Kopf größer als er, stolz und selbstbewusst.

Die Leute standen alle noch in dem weitläufigen Raum herum. Niemand nahm seinen Platz ein. Es wurde geschwätzt und geplaudert. Man sah sich ja nur bei einem solchen Anlass. Annabell, die ältere Tochter seiner Tante Elisabeth, unterhielt sich angeregt mit ihrem Bruder, der Landtagsabgeordneter in Brandenburg geworden war. Tante Elisabeth stand ganz nahe, wagte aber nicht, sich in das Gespräch der Geschwister einzumischen. Tante Hidda, das Geburtstagskind mit ihrem faltigen, dezent geschminkten Gesicht, sah überhaupt nicht aus wie eine Neunzigjährige. Sie wirkte frisch und munter. Sie trug ein grünes, stark gemustertes, enges neues Organzakleid, extra für das Neunzigste gekauft. Eine lange weiße Perlenkette hing ihr bis zum Gürtel. Sie war der Hansdampf in allen Gassen, wie sie von einem zum anderen sprang, hier ein Küsschen gab und dort jemanden begrüßte. Mit Schmuck reichlich versehen. Johann zog seine alte Leicaflex aus seiner Fototasche und machte ein paar Bilder von seiner Tante. Wie gelassen und aufmerksam sie in die Kamera schaute. Den Computerblitz für die Leica hatte er sich extra für diesen Geburtstag gekauft. Dann fotografierte er seine Schwester Christine mit ihrem Mann Ernst-Dietrich. Die unterhielt sich jetzt mit ihrer Cousine Annabell, der Tochter von

Tante Elisabeth. Sie schaute, als wäre sie über irgendetwas indigniert in ihrem weißen Abendpullover. Ihr Mann stand neben ihr mit seinem schon schlohweißen Haar. Er trug ein leicht gestreiftes, hellbraunes Jackett und ein altgrünes Oberhemd mit dunkler Krawatte. Johanns Schwester war es gewohnt, sich durchzusetzen. Sie trug den Riemen ihrer Handtasche über der Schulter, als ginge sie zur Jagd.

Frau Syré mischte sich unter die Gäste und bat, doch die Plätze einzunehmen. Die Küche stehe bereits unter Dampf. Johann kam mit Dottie neben Tante Annegret zu sitzen. Gegenüber saßen der Architekt Watzlawick und seine Frau. Watzlawick war ein entfernter Verwandter von Tante Hiddas erstem Mann gewesen und deswegen eingeladen. Sein Bruder saß neben der Frau seines Cousins Thomas. Die beiden schienen sich gut zu verstehen. Christians Frau saß ihnen mit Thomas gegenüber. Watzlawick in dunklem Jackett, weinrotem Hemd und blauer Propellerfliege saß Johann direkt gegenüber. Wie Kaiser Franz-Josef, dachte Johann. Bestimmt ein Österreicher. Er wagte nicht zu fragen. Majestätisch und gleichzeitig schelmisch sah der mit seinem weißen Backenbart aus. Sein verschmitztes Lächeln. Wenn er den Kopf wandte, sah man die roten Äderchen auf seiner Nase. Der Tisch war mit weißen Blumen und lila Kerzen dekoriert. Tante Annegret neben ihm trug ein Seidenkleid mit hellroten, lila und grünen Rauten. Neben ihr Dottie, wie immer gesammelt in ihrer schwarzweiß gestreiften Bluse. Über ihrem Kopf hing dieses große Gemälde, das Johann schon vorhin aufgefallen war. Ein Tisch, von dem die buntkarierte Tischdecke weit herabhing. Darauf ein Bündel frisch gezupfter Möhren mit Kraut. Darüber auf einem weißen Podest vier rote exotische Früchte vor einer Flasche Jägermeister. Seine Tante Elisabeth schielte misstrauisch auf dieses Gemälde. Sie ging auch auf die neunzig, und das Leben in zwei Autokratien hatte ihr Gesicht gezeichnet.

Schließlich trug Frau Baumgarten die Vorspeise herein. Rosa gebratene Entenbrust auf buntem Linsensalat, Kürbischutney und Feldsalat. Es war nicht so ganz einfach mit den Entenstreifen fertig zu werden, der Linsensalat war vorzüglich. Dottie begann ein Gespräch mit dem Architekten Watzlawick, da hatten sie eine gemeinsame Ebene, denn Dottie war auch Architektin. Watzlawick sagte ihr, mit dem berühmten Kommunikationsforscher verbinde ihn nur der Name, und die beiden unterhielten sich sehr intensiv, während Johann zuhörte. Er sah sich um, alle waren mit der Vorspeise beschäftigt, und nach einer Viertelstunde räumte Frau Baumgarten schon ab.

Johann dachte an seine Rede. Er würde versuchen, sie nach der Suppe zu halten. Tomaten-Essenz mit Basilikumklößchen gab es. Die Suppe war heiß und schmeckte allen. Jetzt stand Johann auf und klopfte mit dem Löffel an sein Glas. Es dauerte aber etwas, bis alle ruhig waren. Er stand auf in seinem dunkelblauen Jackett, dem hellblauen Hemd mit der Krawatte, die ihm seine Schwester vor fünf Jahren geschenkt hatte. Seine Hände zitterten leicht.

„Liebe Gäste, liebe Tante Hidda", begann er, „'Tief ist der Brunnen der Vergangenheit', so beginnt Thomas Manns Josef-Roman.

Als du am sechzehnten September 1914 geboren wurdest, war der Erste Weltkrieg bereits ausgebrochen. Die Kriegserklärung an Frankreich war abgegeben. Deutsche Truppen waren in Belgien einmarschiert. Die Schlacht am Tannenberg war am Vorabend deines Geburtstages in Ostpreußen zu Ende gegangen, und Großvater, dein Vater, war über die Masurischen Sümpfe aus russischer Gefangenschaft nach Scharnau geflohen."

Keiner der Anwesenden dachte noch an Ostpreußen.

„Als kleines Mädchen wolltest du immer große Propellerschleifen im Haar tragen. Wenn du dich über deine Geschwister geärgert hast, wolltest du sie verhauen. Als dich der Lehrer Quas in Scharnau in der Grundschule einmal mit dem Geigenbogen berührte (nicht schlug), bist du sofort aufgestanden, nach Hause gelaufen und hast alles deinem Vater erzählt. Das wolltest du dir doch nicht bieten lassen. Dieses starke Selbstbewusstsein hast du als erwachsene Frau weitergetragen und beibehalten."

Der ganze Saal klatschte.

„Neunzig Jahre!!! – Und du bist jung geblieben! – Wenn der französische Schriftsteller Marcel Proust so alt geworden wäre, hätte er seinen zehn Bänden ‚Auf der Suche nach der verlorenen Zeit' zehn weitere Bände hinzufügen müssen."

Tante Annegret beobachtete ihn aufmerksam. Sie war die Schönste von allen Schwestern, die Herzlichste, und sie konnte am besten mit Menschen umgehen.

„Wie du mit siebzehn dein Einjähriges machtest, Lehre und Beruf. Die Heirat mit Hans Lumann. Der Umzug nach Bendorf an den Rhein, tausend Kilometer im Westen. Meine Mutter hat ja während ihres Studiums in Koblenz bei dir gewohnt.

Die zweite glückliche Ehe mit Theo Blumenbach, nachdem dein erster Mann aus Stalingrad nicht zurückkam. Da wurdest du wahrhaft zum zentralen Anlaufpunkt aller deiner Geschwister (auch meines Vaters nach der Kriegsgefangenschaft). Ohne deine versorgende Anlaufstelle in Bendorf wäre allen ein Neuanfang viel schwerer geworden. Ich erinnere mich noch genau an deine Bendorfer Wohnung und habe den Leder- und Benzingeruch von Onkels Theos DKW noch in der Nase."

„Hört hört", rief Onkel Frederik.

„Die Jahre des Aufbaus im Büro in Vallendar auf dem Gilgenborn und die Arbeit im Sanitätshaus Blumenbach in der Schloßstraße. Die Besuche bei dir in Vallendar oder den anderen Tanten in Bendorf, wo wir als Kinder für unsere Gesangskünste riesige Summen zugesteckt bekamen.

Nach der Berufstätigkeit der Umzug vom Gilgenborn in die Heerstraße. Du hast also deinen Lebensmittelpunkt in Vallendar behalten. Ebenso die intensiven Beziehungen zu deinen Geschwistern. Das heißt füreinander sorgen, füreinander kochen und zur Stelle sein, wenn einer krank ist.

Liebe Tante Hidda, du bist ja meine Patentante, wir sind alle für das, was du für uns getan hast und natürlich auch für deine Lebensleistung, sehr dankbar und gratulieren dir alle zusammen zum neunzigsten Geburtstag. Und ich glaube, deine Geschwister sind sehr froh, dass du sie doch nicht verhauen hast."

Alle klatschten begeistert über diese Rede. Tante Hidda stand auf und umarmte Johann. Nach ihm sollte noch Heinz Schlossmann eine karnevalistisch angehauchte Rede halten. Aber erst wartete man auf das Hauptgericht.

Hoffentlich hatte er sich nicht lächerlich gemacht, indem er Proust zitierte. Es waren alles keine Deutschlehrer, die hier versammelt saßen. Sie glaubten bestimmt, er habe sein Akademikertum zur Schau stellen wollen.

„Ihr fahrt heute nicht mehr nach Köln?" fragte Tante Annegret.

„Wir übernachten im Rheinblick", sagte Johann, „sind ja nur ein paar Minuten den Berg hoch."

„Es ist das Beste", sagte Tante Annegret, und auch Dottie lachte. Sie freute sich, dass sie die lange Strecke in der Nacht nicht mehr zurücklegen musste, denn Johann hatte dem Leutesdorfer Riesling schon etwas zugesprochen. Der Hauptgang kam noch nicht, und Johann beobachtete die anderen Tische, an denen die mindestens dreißig Leute verteilt saßen. Er hatte während des Vorlesens stark gezittert. Tante Hidda war noch einmal aufgesprungen, kam auf Johann zu, fiel ihm um den Hals und bedankte sich tausendmal. Sie hatte Tränen in den Augen. Hinter ihr beobachtete sein Bruder Christian die Szenerie mit nach oben gedrehten Augen. Auch Edda, die Frau seines Onkels Frederik, war aufgestanden, unterhielt sich im Stehen, herabgebeugt und eine Hand auf den Tisch gestützt mit seiner Tante Elisabeth. Edda trug ein ausgeschnittenes schwarzes Cocktailkleid mit einem um den Hals drapierten grünen Seidenschal. Tante Elisabeth hörte ihr aufmerksam zu. Die meisten hielten sich nicht an den Wein, sondern tranken Mineralwasser. Er hatte jetzt auch Zeit, sich den unbekannten Geburtstagsgästen zuzuwenden, denn der Hauptgang ließ noch auf sich warten. Alles ältere Leute in den Siebzigern, er selbst war ja erst sechzig und Dottie fünfzig. Unter einem Gemälde, das zwei Ananas auf grünen und gelb drapierten Tischtüchern zeigte, saß der jüngste

Sohn von Tante Elisabeth. Neben ihm seine Frau, die sich mit dem Mann von Johanns Cousine Krimhild unterhielt.

Sein Bruder prostete ihm von der anderen Tischseite zu: „Auf die Einheit!"

„Keine Politik an meinem Geburtstag", rief Tante Hidda, die es gehört hatte, hinüber. Als Johann seine erste Stelle am Gymnasium in Linz bekam, hatte Christian nach zwei Wochen beim Lehrer-Volleyball mitgespielt. Er studierte im nahen Bonn. Er war so kräftig und reaktionsschnell, dass die Seite, auf der er spielte, immer gewann. Jetzt war er ein erfolgreicher Rechtsanwalt mit eigener Kanzlei, und wenn Johann ihn brauchte, war er immer zur Stelle. Einmal hatte er ihn wegen eines flüchtigen Kontakts beim Einparken vor einem Prozess wegen Fahrerflucht bewahrt. Auch den Mann seiner Schwester hatte er vor einer Anzeige wegen Geschwindigkeitsüberschreitung auf der Autobahn gerettet.

Jetzt kam der Hauptgang. Kalbsrücken mit Pfifferlingen, Gartenböhnchen, Kohlrabi und Herzogin-Kartoffeln. Einige waren schon vom Sekt und von den Vorspeisen satt, aber die Schüsseln wurden kräftig herumgereicht und auch nachdrücklich gefordert. Frau Watzlawick, die ihm gegenüber saß, teilte mit einem großen Löffel die Herzogin-Kartoffeln aus. Vom Gemüse sollte nachgereicht werden, aber es war nicht nötig. Den Hauptgang zu verspeisen, dauerte fast eine halbe Stunde, und alle lobten ihn. Herr Syré war einfach der Beste. Danach gab es wieder eine Pause, denn manchmal hatte es bei Syré bis zum Nachtisch eine Dreiviertelstunde gedauert.

Dottie stand auf, um mit Johanns Schwester Christine vor der Tür eine Zigarette zu rauchen. Johann erhob sich auch und ging zu Daniela hinüber, die, ihr kleines Kind auf den Knien, sich mit der Frau seines Cousins aus Brandenburg unterhielt. Das Kind, munter und aufgeschlossen, wandte sich einer älteren Frau zu, die Johann nicht kannte und die dem Kind im Vorbeigehen die Wange tätschelte. Dann nahm sein Cousin Thomas, der Vater, das Kind auf die Knie, und Johann zog die Kamera hervor und machte ein Bild von der Genreszene. Seine Schwägerin, die auch gern ein Kind gehabt hätte, schaute, auf den rechten Arm gestützt, hinüber. Jetzt stand Heinz Schlossmann auf, der ein Freund von Tante Hiddas verstobenem Mann gewesen war, und klopfte an sein Glas. Alle setzten sich wieder, und Herr Schlossmann las eine witzige Eloge auf Tante Hidda in Knittelversen vor. Diese Rede dauerte schon zwanzig Minuten, und schließlich kam er zum Ende. Aber das Dessert war immer noch nicht da. Tante Hidda tätschelte Heinz Schlossmann den Kopf. Dessen Rede hatte ihr offensichtlich besser gefallen als Johanns. Vielleicht war seine doch ein bisschen zu akademisch gewesen, dachte er. Aber er merkte, dass ihn, als er seine eigene Rede vorgelesen hatte, alle im Raum gemocht hatten. Er hatte in seinem Leben nur einmal richtigen Hass gespürt. Er erinnerte sich, wie er nach der Breitbach-Preisverleihung mit einem Kollegen im Foyer des Koblenzer Stadttheaters gestanden hatte und wie ihn plötzlich ein Strahl glühenden, gebündelten Hasses von diesem Mann getroffen hatte. Johann veröffentliche bei Books on Demand, und der schreibende Kollege konnte ihm nicht schaden. Als sie sich vor der Preisverleihung zufällig auf der Straße begegnet waren, hatte der getan, als sei er sein Freund.

Jetzt kam endlich das Dessert. Zweierlei Mousses (Karamell und Schokolade) mit Krokantsoße. Herr Syré brachte es selbst zu Tante Hidda, und auf ihrer Mousse war eine riesige Wunderkerze, die in einer Metallhülse steckte. Er war dünn geworden, und seine Hüftoperation sah man ihm nicht an. Herr Syré beugte sich in seinem weißen Kittel über den Tisch, schlängelte das Dessert mit der brennenden Rakete geschickt an den Weingläsern vorbei und umarmte Tante Hidda. Dann trat er hinter die Gesellschaft und ließ die Wunderkerze abbrennen. Jetzt kam „Happy Birthday" aus dem Lautsprecher, untermalt von Orgelmusik.

Dottie merkte plötzlich, wie Johann innerlich erstarrte. Sie ließ sich aber nichts anmerken und beschloss, ihn später im Hotelzimmer danach zu fragen. Sie hätte ihn nicht sofort fragen können, denn Johann war im Augenblick vollständig weggetreten. Alle außer Johann verspeisten fröhlich das Dessert. Frau Syré kam herein und fragte, ob jemand noch Espresso oder Digestif wollte. Einige, besonders Ernst-Dietrich, der Mann seiner Schwester, wollten. Danach tat sich dies und das. Christian flirtete mit Daniela, der Frau seines Cousins, während dieser mit dem Kind beschäftigt war. Schließlich mahnten alle zum Aufbruch. Es war halb elf geworden.

Johann und Dottie waren die letzten, die aus der engen Parkplatzausfahrt herauskamen. Johann, der doch nicht viel getrunken hatte, der aber Dottie äußerst seltsam vorkam, fuhr selbst die Serpentinen zum Berghotel Rheinblick in Bendorf hoch. Das Hotel lag auf dem Berg oberhalb des Bendorfer Friedhofs. Ein Prachtgebäude mit großem Foyer und weiter Aussicht über das Rheintal. Sie holten sich beim Portier ihren Schlüssel und fuhren mit dem Lift nach oben.

Als Johann sich in ihrem Zimmer aufs Bett warf, wusste sie nicht, was sie sagen sollte. Hatte er sich über irgendetwas geärgert? Würde er sie zurückstoßen, wenn sie sich ihm zuwenden würde? – Die Jahre hatten weder ihre noch seine Zuwendung ausgelöscht. Sein kleiner Schnurrbart zuckte, und der Haarschnitt, den ihm seine Friseuse Renate verpasst hatte, bebte.

„Was ist los mit dir? – Der Geburtstag war doch schön!" sagte sie. Sie ärgerte sich. Warum war er innerlich so starr?

Johann versuchte mit Mühe an sich zu halten.

„Die Orgelmusik", sagte er.

„Erinnert sie dich an was?" fragte Dottie. Sie war glücklich, dass er etwas gesagt hatte und dass seine Gedanken in ihre Richtung liefen. Sie spürte, dass er nicht mehr so starr war wie vorhin.

„Woran denkst du?" fragte sie noch einmal.

„An ein Mädchen, das ich mal geliebt hab'."

„Wann?" fragte sie.

„Vor vierzig Jahren! – Damals habe ich als junger Student in den Herbstferien an der Mosel bei der Weinernte geholfen. Die Arbeit im Weinberg hat mir großen Spaß gemacht, und ich habe mir gleichzeitig etwas verdient. Das Abräumen des alten Weinbergs, Helfen bei der Neuanlage, das Rebenbinden und die Weinlese. Blätter entfernen beim Laubschnitt. Zuletzt arbeitete ich in Hatzenport. Ich wohnte damals im Seitengelass eines Bruchsteinhauses bei einem Winzer."

„Und?" fragte Dottie.

„Die Lese ist das Schönste", sagte Johann, „wenn man im Steilhang beim Abknipsen der Trauben schwätzt und schnattert, kommt man sich näher. Unter den Leserinnen war ein junges Mädchen, vielleicht neunzehn. Sie fiel mir erst auf, als sie nach einem Gottesdienst aus der Johanneskirche kam, die oberhalb von Hatzenport an den Berg geklebt war. Die Kirche mit ihrem Glockenturm sah von unten aus wie ein Dom.

Links neben der rotgestrichenen Eingangstür hing ein Schild: Sankt Johannes, Katholische Pfarrkirche von Hatzenport. Turm erbaut um 1280, Chor und Langhaus erbaut um 1480, Turmuhr 16./17. Jahrhundert. Zwei Grabstätten vor der Eingangstür Friedrich Brehm und Nikolaus Ibald. Sie leuchteten zwischen dem Laub in der Sonne. Die Treppen herunter in den Ort von Bruchsteinmauern gesäumt. Von halber Höhe aus sah die Kirche schon kleiner aus. Von hier aus war sie richtig von Mauern umzäunt. Ein kleines Felsennest. Dann der Ort, geduckt in die Senke zwischen Mosel und Weinberg, Steilhang. Die vielen gelb gewordenen Bäume am Friedhof verdeckten die Sicht auf die Schieferdächer. Der Friedhof, von hier oben gut zu sehen. Ein Rechteck, in das die Grabsteine gepflanzt waren. Dann durch eins der schmalen Gässchen zur Mosel. Hübsch, mit Stubsnase und sehr langem braunen Haar, ging sie hinter mir her. So jung und groß in ihren schwarzen, hohen Wildledersiefeletten. Neben ihr ein viel kleinerer, aber gutaussehender Junge. Sie waren zusammen in der Nachmittagsmesse. Aber sie unterhielt sich mit mir. Rosa Fingernägel. Wie sie ihr Privatleben und die Kirche miteinander verbinden. So attraktiv, dieses lange, dünne, junge Mädchen. Ich kann Goethe verstehen! Der Kontrast zwischen dieser an den Berg geklebten Kirche (der Messe überhaupt) und dem Eigenleben dieser ganz jungen Leute! „Jesus rät, alle Fleischeslust zu unterdrücken", hatte der Pfarrer gesagt. Sie tun es trotzdem! Von der Jugend und Schönheit dieses jungen Mädchens bis ins Mark getroffen. Schade, dass ich meine Kamera nicht dabei hatte! Die Messdienerin in ihrem langen weißen Gewand. Nachher stand sie an der Brüstung zur Mosel hin und schien, wie ein normaler weiblicher Teenager, auf jemanden zu warten. Jetzt erschien sie mir attraktiver als vorhin im Messgewand, wie sie mit dem Rücken zum Moselabgrund an der Steinbrüstung stand. Mit ihrem langen rotblonden Haar! Wirkte im Messgewand wie eine Landpomeranze. Herunter stiegen über die vielen Treppen auch lauter schwergewichtige alte Menschen. Zum Teil in Gesundheitsstiefeln. Man musste vorsichtig sein, um nicht zu fallen! Das junge Mädchen erzählte mir, dass es Marcia Woppenrot hieß.

Ich verabredete mich mit ihr für den nächsten Tag zu einem Spaziergang. Wir trafen uns vor der Traube und gingen gemeinsam das Schrumpftal hoch. Fast bis Münstermaifeld, fast den ganzen Tag. Ich wusste nicht, wie ich es anfangen sollte, ihr nahezukommen. Sie wies mich ab und zu auf etwas hin, dass ich nicht sah: Blumen, Gräser, Blüten. Das war ihre Jugend. Auf dem Rückweg versuchte ich, nach ihrer Hand zu greifen. Da sagte sie: „Hast de Schwierigkeiten?" – Am nächsten Tag kam sie in mein möbliertes Zimmer bei dem Winzer. Mit weißem Rock und Gummischlappen, damit sie kleiner wirkte. Obwohl sie vorgab, die Unterlegene zu sein, war sie die Stärkere. „Du kennst mich so gut", sagte sie. Wir fuhren dann die vierzig Kilometer zu ihrer Schwester nach Ediger-Eller. Die hatte eine schöne Maisonette-Wohnung zwischen den Weinbergen. Es gab Tee und Madeleines. Aber als ich, wie Proust, meine Madeleine in den grünen Tee tunkte, gab es keine Epiphanie. Wir saßen an dem kleinen vergoldeten Glastisch mit den weißen Sets, und ihre Schwester musste sich immer wieder nach ihrem Teeglas ausstrecken, weil sie weit entfernt in einem Sessel saß. Wir fotografierten uns mit Selbstauslöser. Ich, der ich mir damals gerade einen Bart wachsen ließ, vergnügt lächelnd, Marcia zu ihrer Schwester gewandt. Links von ihr saß der Freund ihrer Schwester, der sein Gesicht von Haar und Bart vollständig hatte zuwachsen lassen. Über uns drei Bilder von Klimt, der berühmte „Kuss" in der Mitte. Unterwegs hatte mein alter Käfer angefangen zu stottern. Ich ließ ihn auf dem Parkplatz stehen und lieh mir den Wagen ihrer Schwester, der noch älter war als meiner. Vor der Abfahrt entschieden wir uns noch hoch zur Kreuzkapelle zu laufen. Dann standen wir vor dem Steinrelief Christus in der Kelter. Das Relief war so groß wie ein Unterarm und ließ uns in seiner Ausdruckskraft erstaunen. Der krumm stehende Christus trug das Kreuz auf dem Rücken und wurde durch eine Kelterspindel, die auf das Kreuz gesetzt war und deren Spindelkreuz offensichtlich gedreht worden war, gebeugt und ausgequetscht. Das Blut schoss in Strömen herab, an Brust, Händen und Füßen vorbei und sammelte sich im Becken der Kelter. Ich fühlte, wie Schreck und Unverständnis mich damals gepackt hatten. Der Gekreuzigte, der sowieso sterben musste, nochmal unter dieser Kelter zusammengepresst. Da habe ich gedacht, das bin ja ich!"

Johann mochte Dottie, und er wollte sie nach der schönen Geburtstagsfeier nicht enttäuschen, in dem er von einer lange verflossenen kurzen Beziehung sprach. Aber er sprach einfach weiter: „Ab und zu bekam sie Heulkrämpfe, wenn ich sie über irgend etwas Unbedeutendes zu dringlich ausfragte. Sie weigerte sich dann zu reden. Oder gab mir eine Ohrfeige. Ich habe zurückgeschlagen. Da ging sie auf mich los. Wir waren dann zusammen, und da legte sich plötzlich alles wieder. Wir verbrachten den ganzen Nachmittag zusammen. Mit Mühe aßen wir Abendbrot in meinem Zimmer. Ich wollte lesen, sie wollte Aufmerksamkeit. In dieser Nacht träumte ich, ich läge im Bett, das vollkommen an die Wand gerückt ist, zusammen mit Marcia. Da geht die Tür auf, und Brezcinski, ein Kollege, kommt herein wie ein Schlafwandler. Er schläft wirklich, während er geht und lässt sich dann mit seinem Plumeau am Fußende unseres Bettes nieder. Ich bin wütend, weil ich es für eine sorgfältig ausgedachte Provokation halte. Marcia merkt wohl alles. Sie steht auf, geht in die dunkle Wohnung und telefoniert. Ich trage Brezcinski wieder in sein Zimmer. Plötzlich liegt ein alter Freund meiner Schwester neben mir im Bett, der mir verständige Ratschläge gibt. Dann bin ich neben Marcia aufgewacht, es war schon neun Uhr."

Dottie dachte daran, ihm auch etwas aus ihrer Vergangenheit zu erzählen, aber sie unterließ es. Er hatte heute so viel gelitten, dass sie ihn nicht noch mehr leiden machen wollte! Sie hatte Johann mit dreißig Jahren als junge Architektin in Köln kennengelernt. Sie waren jetzt zwanzig Jahre zusammen. Er hatte sich, wegen ihrer Beziehung, von Rheinland-Pfalz nach Nordrhein-Westfalen versetzen lassen. Alles sollte so bleiben wie es war. Morgen wären sie wieder in Köln, und der ganze Spuk, der durch die Orgelmusik hervorgerufen worden war, läge hinter ihnen.

„Es gab ein schönes Porträtfoto von ihr", fuhr Johann fort. „Im Fotostudio gemacht. Das Licht von der Seite, so dass die zarten Konturen von Kinn und Nase beleuchtet wurden. Die Augen nach links gerichtet. Das braune, üppige Haar das Gesicht weit einrahmend, mit einer großen schwarzen Schleife. Die Augenbrauen schon gezupft, obwohl sie damals erst neunzehn war. Die reizvollen Lippen geschlossen. Es ging etwas Selbstbewusstes und auch Anmutiges von ihr aus, was durch die dünne Bluse, die mit chinesischen Ornamenten bedruckt war, noch verstärkt wurde. Wenn sie tanzte, erregte sie durch ihren Körper und ihre Bewegung und Wandlung Bewunderung."

„Was ist aus ihr geworden?" fragte Dottie.

„Ich habe mich noch ein paarmal von Bonn aus nach ihr erkundigt. An die Mosel bin ich seitdem nicht mehr gefahren. Sie starb kurz darauf an einer Drüsenkrankheit. Die multiple endokrine Neoplasie ist eine seltene Erkrankung. Veränderung der Erbinformation. Dabei das Risiko für Tumorveränderungen. Das war es. Mehr weiß ich nicht."

Dottie blickte auf Johann. Der war eingeschlafen. Sein Mund hatte sich beruhigt, etwas Speichel tropfte heraus. Er hatte es nicht mehr geschafft, seinen Schlafanzug anzuziehen und schlief in seiner blauen Unterwäsche. Und ich habe gedacht, er gehört nur mir allein, dachte sie. Im Inneren gehört er mir vielleicht noch immer.

FREUNDSCHAFT

ZU sechst saßen sie in der weiträumigen Halle des Königsbacher Restaurants von Koblenz. Es war eine kleine, inoffizielle Zusammenkunft des Schriftstellerverbandes von Rheinland-Pfalz Nord. Der frischgewählte Vorsitzende mit weißem Spitzbart, dann Albert Hermes, Dieter Wellmann, Klaus Hüter, eine junge Frau und Michael Brockmann. Der Vorsitzende trug die Ergebnisse der Hauptversammlung vor, dann dröselte das Gespräch von Thema zu Thema. Freundschaft, das schien alle zu interessieren. „Dazu kann ich auch etwas beitragen", sagte Michael Brockmann, „ich habe aber kein anderes Material als meine Erinnerung. Als ich in den Wintersemesterferien 1964/65 ins Carl-Schurz-Colleg in Bonn zog (länger als die drei Monate der Semesterferien durfte man dort nicht bleiben), wusste ich von der körperlichen Liebe zwischen Mann und Frau überhaupt nichts. Ich fuhr mit dem grünen VW-Käfer meines Vaters meine Klamotten und meinen Dual-Plattenspieler ins Wohnheim, kaufte mir im Kaufhof ein paar Lebensmittel und war damit eingezogen. Unmittelbar vor dem Studentenwohnheim fuhren die D-Züge vorbei, und davor war noch die vielbefahrene Kaiserstraße. Man konnte nur mit Oropax schlafen.

Das Carl-Schurz-Colleg in der Kaiserstraße war etwas verwahrlost. Von der gläsernen Eingangstür bis zur Treppe nach oben waren es nur drei Meter. Auch die Räume waren mönchisch einfach ausgestattet. Ein Klappbett mit einem Vorhang und ein Schreibtisch und ein kleiner Tisch, an dem man essen konnte. Die Flure waren lang und unpersönlich, die Duschen immer verstopft. Aber das Haus lag zentral, was ein Glück für mich war. Ich schrieb in diesen Semesterferien an einer Hauptseminararbeit über die Figur des jungen Siegfried im Nibelungenlied. Zum Germanistischen Seminar waren es zu Fuß nur fünf Minuten, zur Mensa eine. Ich saß täglich fünf, sechs Stunden im Seminar und las Sekundärliteratur, exzerpierte ganze Seiten. Fotokopien gab es noch nicht. Auf dem langen Gang, der zur Gemeinschaftsküche des Wohnheims führte, lernte ich einen lang aufgeschossenen, blonden Studenten mit kantigem Gesicht kennen. Wir kamen ins Gespräch, und er sagte, er wolle mich am Abend in meinem Zimmer besuchen. Er kam, geduscht und mit frisch gefönten Haaren, war sympathisch, rege, aufgeschlossen und sprach viel über Thomas Manns „Buddenbrooks". Ich wunderte mich darüber, warum er sich für diesen alltäglichen Besuch so fein gemacht hatte.

Am nächsten Abend gingen wir neben den Bahngleisen spazieren. Er sprach davon, dass er sich hier, neben den Bahngeleisen, wie „auf den Steinen" fühle,

ein Satz, den ich kannte, weil ihn Morten Schwarz-
kopf, der Freund von Tony in den „Buddenbrooks"
sagt. Ich dachte mir nicht viel dabei, und wir gerie-
ten in ein längeres Gespräch über den Roman, den
er gut zu kennen schien. Er hatte sein Studium mit
Kunstgeschichte begonnen, studierte inzwischen
aber Jura. Ich war stolz, einen so netten, umtriebigen
Freund zu haben, und wir schlossen uns ein wenig
aneinander an. Er kaufte sich abends hundert Gramm
Leberwurst und hörte dabei Richard Wagner und
Rachmaninow auf seinem weißen Braun-Plattenspieler, der heute eine Sammlerrarität ist. Mittags ging er
nicht in die Mensa, sondern ins Kaufhof-Restaurant
und aß Eintopf. Als ich einmal übers Wochenende in
Bonn blieb, zeigte er mir ein Restaurant, in dem man
ausgezeichnet und billig essen konnte. Es war eine
dunkle Kaschemme mit merkwürdigen, abgehalfter-
ten Männern, wo man im Stehen essen musste. Aber
das Essen war ausgezeichnet.

Ein Medizinstudent, den ich über ihn kennengelernt
hatte, wurde mir gegenüber plötzlich äußerst feind-
selig. Wir unternahmen viel zusammen, gingen ins
Kino, einmal in den Film „Darling" mit Julie Chris-
tie. Ich kann mich an den Film nicht mehr genau
erinnern. In den Film-Lexiken von heute ist er nicht
mehr verzeichnet. Aber mich berührte eine Tanzse-
quenz, eine Polonaise oder etwas Ähnliches, in der
Frauen Frauen näherzukommen versuchten. Instink-

tiv zog ich mich zurück, zumal meine drei Monate im Carl-Schurz-Colleg auch zu Ende gingen. Ich zog, ohne eine Wahl zu haben, in ein großes, aber heruntergekommenes Zimmer in einer bürgerlichen Wohngegend Bonns. Übrigens ohne Damenbesuch. Mein neuer Freund muss das wohl wortlos hingenommen haben. Er wird sich auch an die Filmszene erinnert haben. Ich war eine Zeitlang ohne Auto und musste jetzt die weite Strecke zur Uni zu Fuß zurücklegen. Aber ich vermisste meinen Freund doch, und eines Abends stand ich bei ihm vor der Zimmertür. Er tat, als sei nichts geschehen, und wir nahmen unser altes Treiben wieder auf. Ein junger, fast kahler Medizinstudent namens Detlef hatte sich zu uns gesellt, und wir unternahmen viel zu dritt, gingen ins Melbbad, Detlef kam mit mir ins philosophische Seminar und machte sich Auszüge aus Wittgensteins „Tractatus". Abends kauften wir beim Metzger Hackfleisch und brieten uns Buletten in der Küche des Carl-Schurz-Collegs. Das erinnerte mich an meine Mutter. Im Karneval hatte ich im Koblenzer Schloss auf einem Ball eine Schülerin kennengelernt. Sie schrieb mir Briefe mit grüner Tinte nach Bonn. Ich zeigte sie meinem neuen Freund, und wir lachten gemeinsam darüber. Dann gab mein Freund eine Party in seinem kleinen engen Zimmer. Ich lief in Bonn nur in alten Klamotten herum, und für das Ereignis mit mindestens acht Personen auf fünf mal drei Quadratmetern zog ich neues modisches Zeug an. Ich wollte hinter den anderen nicht zurückstehen und tanzte wie ein kleiner Gott. Um elf Uhr fuhr ich eine Amerikanerin zurück in ihr Studentenheim. Sie küsste anders als die Deutschen. Wieder zurück, klemmte sich ein anderes Mädchen, das mit seinem Freund da war, hinter mich, und auch die fuhr ich nach Hause. Im Auto wollte sie sich ausziehen, aber ich verstand das gar nicht. Wieder zurück im Carl-Schurz-Colleg lag mein Freund schon im Bett und tat, als ob er schliefe. Ich hatte gesiegt und tätschelte ihm zum Abschied den Kopf. Aus dem Zimmer in der bürgerlichen Gegend musste ich ausziehen, ich wollte jetzt Damenbesuch.

Mein Freund riet mir, ins Ulrich-Haberland-Haus zu gehen, ein Studentenwohnheim am Rande von Bonn. Dafür musste man einen Antrag stellen und mein Freund sagte, ich solle die Frage nach meinen Hobbys auf einem besonderen weißen Zettel beantworten. Ich wurde sofort genommen und war jetzt in einem der schönsten und modernsten Studentenwohnheime am Rande von Bonn. Es lag in Endenich auf einem Hügel, und ohne Auto brauchte man dort gar nicht einzuziehen. Ein sechsstöckiges Hochhaus mit gläserner Rezeption, wo Frau Butscheid residierte, die die Wäsche ausgab. Daneben die Wohnungen für die beiden Tutoren Funke und Aschauer. Ging man durch die Eingangshalle, stieß man auf einen großen, gläsernen Wintergarten: das Lesekabinett. Hier klemmte der Hausmeister jeden Morgen die großen europäischen Zeitungen in Holzhefter. Der Montagmorgen war ab nun dem „Spiegel" reserviert, den ich erst hier kennenlernte.

Ich wohnte im vierten Stock, der Lift ist in meiner ganzen Zeit nie stehengeblieben. Auf der Etage gab es eine schöne, längliche Küche, einen großen Flur und ein Gemeinschafts- und Bügelzimmer. Neben den Duschen standen die Waschmaschinen, für die man sich bei Frau Butscheid einen Chip kaufen konnte. Daneben der Trockenraum, Bügelbretter standen im Gemeinschaftsraum. In dem Bungalow nebenan wohnte der Althistoriker Professor Straub, der das Studentenwohnheim betreute. Bei den Hausbällen, die einmal im Semester stattfanden, blieb er bis zuletzt. Da war das Haus, eigentlich nur für männliche Studenten gedacht, voller junger Frauen. Die Tochter von Professor Straub war Bibliothekarin im Germanistischen Seminar. Sie hat mir manches Buch zurückgelegt. In der großen Halle, in der die Bälle stattfanden, stand eine Tischtennisplatte. Ich habe das Spiel hier mit allen Finessen gelernt.

Kaum war ich umgezogen, beschloss mein Freund von Bonn nach München zu gehen. Ich wollte seinen weißen Braun-Plattenspieler so lange für ihn hüten, bis er zurückkam. Als er ihn abholte, wirkte er ziemlich heruntergekommen, in einem schwarzen Blazer mit einem Pullover darunter und Schuhen von mir, die ich ihm geschenkt hatte. Er hatte mir einen Brief aus München geschrieben, der so ähnlich begann wie Thomas Manns Erzählung Gladius Dei: „München leuchtete nicht, als ich ankam." Er freute sich, dass es mir so gut ging, und wir unterhielten uns wie früher. Er erzählte, dass er Kellers „Grünen Heinrich" in einer einzigen Nacht durchgelesen habe und sprach von einem Kuss des Grünen Heinrichs mit Judith, einer jungen Frau aus dem Roman. Er erzählte von diesem Kuss so drastisch und anschaulich, dass ich mich noch Jahre später daran erinnerte. Ich habe bis heute kein schlechtes Andenken an unsere Freundschaft. Mein Freund beschrieb die Blätter für seine juristischen Seminararbeiten doppelseitig mit seiner großen, engen, steilen Schrift. Er gab mir kluge Ratschläge, die mir alle nur genützt haben. Und heute wäre ich froh, einen solchen Freund zu haben. Er war in Bonn immer piekfein angezogen, trug geflochtene Schuhe und dunkelblaue Pullover, darüber sandfarbene Popeline-Blousons. Wenn ich ihn fragte, ob irgendwelche Kleidungsstücke zusammenpassten, sagte er: „Alles passt zu allem!" Oder er sagte: „Leute mit Auto haben ein anderes Lebensgefühle als die ohne!" Er wies mich darauf hin, dass der Blick auf die eigene Handschrift einen beim Schreiben der Seminararbeiten stimuliert."

„Ich glaube, zu dem Thema kann jeder etwas beitragen", sagte Klaus Hüter, „das Bedürfnis nach

Freundschaft verließ mich nie. Ich hatte zahlreiche Freundinnen, aber mein bester Freund war ein schwedischer Medizinstudent, der in dem Altbau, in dem wir damals wohnten, das Zimmer neben mir hatte. Später erfüllte mein jüngerer Bruder das Bedürfnis."

„Freundschaft ist eben nichts anderes als Sublimationen", sagte Dieter Wellmann, ein Arzt.

„Hör bloß mit den blöden Freud-Sprüchen auf", erwiderte Albert Hermes, „der bekam hysterische Weinkrämpfe, wenn jemand an seinen Thesen zweifelte."

„Diese Leute können überhaupt nicht helfen", sagte Dieter Wellmann.

„Mir kommen die Tränen", sagte Klaus Hüter, und zu Michael Brockmann gewandt: „Wie ging es denn weiter mit deinem Freund?"

„Ich habe nichts mehr von ihm gehört, seit er nach München ging. Ich hab's im Internet versucht, aber nichts. Übrigens, für meine Arbeit über den jungen Siegfried, habe ich damals eine zwei bekommen."

Unterhaltungen deutscher Aufgestiegener

Erzählzyklus

UM vier Uhr nachmittags fühlt man sich in unserem Tennisverein wie in einer Bierkneipe oder in einer Sauna. Frisch geduschte Männer und Frauen gehen, das Piccolo in der Hand, zwischen Bar und Terrasse hin und her. Das Restaurant öffnet sich zum Fluss. Den Hang hoch ziehen sich hinter der Tennisanlage kubische Appartementhäuser. Das andere Ufer ist bewaldet. Vom Truppenübungsplatz hört man das schnelle, knackende Übungsfeuer. Links hinten liegt die Bar, in der Marianne, die Pächterin und Herbert, unser Wirt residieren. Ihre Piccolos sind so berühmt wie ihre Salatplatten und die Tabletts mit den Schnittchen. Die rosafarbenen Tischdecken schlagen keine Falte. Vor den Tischen stehen die dunkel gebeizten Bauernstühle im rechten Winkel.

Gegen halb fünf setzen wir uns in die verglaste Terrasse, weil's da sonniger ist und man dort Ruhe hat. Im Spätherbst sind's fast immer Erlgart, unser Steuerberater, der Autohändler Edgar, wenn er rechtzeitig wegkommt, Werner, der irgendwas mit Mathematik macht, natürlich unser Wirt und Gagné, wenn in seiner Agentur nicht zu viel zu tun ist. Abteilungsleiter Opaniak sitzt oft dabei und taut erst auf, wenn er etwas getrunken hat. Unser Platzwart Adolf kommt, der mit allen gut kann und den jeder nur Addi nennt, Helmut, der Richter, dann Brian, der Rechtsanwalt und Karl, unsere Nummer Eins, die schon einmal die Dreihundertsiebenunddreißig der Weltrangliste war. Wilhelm mit dem abgebrochenen Jurastudium und einer bescheidenen Karriere bei der Bezirks-Regierung und Philipp, unser Kassenwart, komplettieren die Runde.

„Ist euch übrigens aufgefallen", fragte Helmut, „dass unser Edgar in der Zeitung war?"

„In welcher?" rief Erlgart.

„In unserer! Männer unserer Stadt. Vom Kleinwagen für den Einsteiger bis zum Luxuswagen für gehobene Ansprüche."

„Wo ist er denn?" wollte Erlgart wissen.

Edgar war gerade gekommen, hatte die letzten Worte gehört und sah sich verlegen um.

„Du wolltest was sagen?" fragte Helmut. „Du hast so tief Luft geholt. Jetzt unterschreib erst mal die Glückwunschkarte für den alten Vorstand."

„Ich muss auch noch unterschreiben", beeilte sich Gagné.

„Hast du noch nicht? Nicht so weit rechts! Das sieht schon so nach neuem Vorstand aus!"

„Dann unterschreib' ich hier unter den anderen!" schob Gagné die Karte zu ihm hin.

„Gibt's noch was wegen der Vorstandswahlen?" erkundigte sich Erlgart.

„Nein", beschied ihn Helmut. „Jeder kann jetzt erzählen, was er will!"

Das Gespräch kam erst auf Männer, dann auf Frauen, dann auf Trennungen. Jeder sollte von einer Trennung erzählen, und jeder wollte der letzte sein. Man schämte sich und jeder hoffte darauf, dass die Aufmerksamkeit auf andere Dinge gelenkt würde.

„Ist dein Sohn eigentlich in den Landeskader gekommen?" wandte sich Werner an unsere Nummer Eins.

„Noch nicht", sagte der. „Der bräuchte 'n Guru."

„Der hat's nicht mehr nötig", meinte Addi protzig, „sich um so'n kleines Licht zu kümmern."

„Wenn ich der wär'", sagte unser Herbert, „ging' ich direkt in Rente. Auf die Bahamas!"

„Auf 'ne ganz einfache Insel!" seufzte Gagné. „Mit ganz einfachen Leuten!"

„Es lebe das Einfache!" erhob Helmut seine Stimme.

„Mir reicht's schon", Opaniak wie immer bescheiden, „wenn ich später aufsteh' und mir 'n schönen Tag mache."

„Ich kann nicht mehr", jammerte Gagné.

Karl, unsere Nummer Eins, war ruhig geworden. Er wirkte versunken.

„Ich glaube, ich kann etwas beitragen", sagte er. „Mit achtzehn ging ich von der Schule ab und war fünfzehn Jahre Profi. Was erzählen? Gut! Ich nenne die

Geschichte ‚Violence‘, weil sie die Hauptrolle spielt, obwohl man's erst nicht glaubt.“

VIOLENCE

„DER ist doch heut' sein eigener Multi“, warf Erlgart ein. „Nur der kann das System noch von außen beeinflussen! Der in der Arena und der auf der Tribüne können sich sehen, wann sie wollen.“
„Müsste man unterbinden!“ stimmte Wilhelm zu.
„Aber ohne ihn wäre nichts verdient worden!“ sagte Gagné. „Einfach Lebensart!“
„Er kriegt eine Kerze mit seinem Willen aus!“ meinte Opaniak geheimnisvoll, „wie Rasputin! Mit seiner schwarzen Brille!“
„Ein altmodischer Rahmen mit Spiegelgläsern!“ sagte der Platzwart. „Damit kann ich das auch.“
Gagné geheimnisvoll: „Rasputin konnte sechs Stunden lang.“
„Wenn er beim Plapp und Plopp der Bälle nicht jedes Mal den Kopf hin und herdrehte“, begann die Nummer Eins, „hieß es schon, er sei versunken wie ein Fakir. Ein Ohrjucken, ein Schulterschütteln wurden zu Zeichen für die Gladiatoren hochgeredet, die unten in der Arena der Filzkugel hinterherhechelten. Einmal schrieben sie sogar darüber, dass er Bartstoppeln treiben ließ und zweierleifarbene Socken trug. Natür-

lich gab es ein paar Tricks, die er seine Schützlinge lehrte. Die kannten aber jeder andere auch."

„Der ist doch aus'm Ostblock", stichelte Gagné. „Stell ich mir furchtbar vor, da zu leben."

„Er bringt seinen Spielern das Lachen des Präsidenten bei", fuhr die Nummer Eins fort. „Er lehrt sie, die Menge zu verachten, sich aber nicht mit ihr anzulegen."

„Er soll sie alle im Computer haben", orakelte Werner. „Stärken und Schwächen!"

„Da oben kennt man sich zu gut", wusste die Nummer Eins es besser, „als dass man das nötig hätte."

Zustimmung von Gagné: „Das sind Dimensionen, da kannst du einfach nicht mit!"

„Gagné ist gar kein Mitglied mehr", protestierte Erlgart, „er hat noch keinen Jahresbeitrag bezahlt."

„Ich hab' früher bezahlt als du", antwortete der. „Wende dich bitte an den Herrn zu deiner Linken."

„Gagné hat früher bezahlt als du!" stellte Philipp klar, unser Kassenwart.

„Wir alle vom Tenniszirkus", fing Karl endlich seine Geschichte an, „hatten die letzte Maschine verpasst und mussten den Abend in der Hotelbar verbringen. Das Gespräch zwischen ihm, dem Coach und uns, Spielern und Tross, drehte sich erst um Tennisfragen, dann um angebliche Orgien nach den Turnieren, schließlich um Stärkungsmittel. Plötzlich kam Robert ein Einfall zu Training oder Geldanlage, den er sich notieren wollte. Er fragte nach einem Bleistift. Violence, eine kleidervorführende Schönheit mit dreieckigem Gesicht, Kinderaugen und freundlich-abwartendem Blick, um die ich schon seit Monaten erfolglos gebuhlt hatte, begann in ihrem Handtäschchen zu kramen. Den ganzen Sommer war sie auf den Plätzen herumgeschwirrt. Einige von uns verloren ihre Matches, wenn sie auftauchte. Sie fand einen silbernen Drehbleistift in ihrem roten Handtäschchen und reichte ihn Robert. ‚Excusez, Monsieur Robert‘, sagte sie, ‚wollen Sie uns nicht ein wenig von Ihrer Kunst sehen lassen, dont on parle si souvent?‘ Er sah zerstreut aus. Es war nicht seine Art, sich zu etwas auffordern zu lassen. Aber an diesem Abend ließ er es zu. Die Hotelhalle weitete sich nach allen Seiten und wurde ein Garten mit blühenden Bäumen. Wir sahen den Teich, auf dem er als Kind gerudert war, von Libellen umschwärmt. Seerosen breiteten sich aus. Ab und zu ploppten die Blasen der Fische nach oben."

Gagné wunderte sich: „War das alles in einem Raum?"

„Ja", sagte die Nummer Eins. „Ich fühlte mich ganz leicht, als hätte ich abgenommen. Ich bekam Hunger und Durst. Quer durch den Raum waren Schnüre gespannt. Daran hingen die Pelzmäntel und Röcke von Violence. Sie spielte auf einer Gitarre, die schön klang, aber verkehrt bespannt war. Die Stimmschrauben saßen auf dem Klangkörper, und mit jeder Drehung wurde auch der Resonanzboden verformt. Robert gefielen ihre Töne nicht. Er schüttelte den Kopf. Da begann der starke Sog, der mich den ganzen Sommer zu ihr hingezogen hatte, von mir abzufallen. Ich sah die Beherrschung und Gefühlskälte in ihren Augen. Etwas Weißliches, Gefüttertes kam in ihre Züge, etwas überlegen Höhnisches um Mund und Nase, etwas, das damit zusammenhing, was alle ihre Weiblichkeit nannten. Ich würde sie töten, wenn sie noch einmal in meine Nähe käme."

„Er hat euch alle hypnotisiert!" rief Gagné, „und ihr habt's nicht mal gemerkt!"

„Dann zeigte er uns die Autofabrik", erzählte Karl weiter, „in der er als Kind hatte arbeiten müssen. Ein Fließband mit alten Autos ruckte vorbei, wo die Kotflügel noch außen dran saßen wie früher. Robert stand mit schwarzem Gesicht vor einem Hochofen. Aus dem Ofen kamen Harfenmusik und ein lila Geruch."

„Wie kann was lila riechen?" fragte Opaniak.

„Iss' etwas, dann riechst du nicht so viel", sagte Herbert, unser Wirt.

Opaniak lehnte ab: „Kein' Hunger."

„Ich wollt' dir nur 'n Gefallen tun", sagte unser Wirt Herbert.

„Auf ein Klatschen von Roberts Händen verschwand die Fabrik." Karl ließ sich nicht beirren. „Richard und Wichart, die beiden Reporter, sprangen von ihren Hockern. Sie hätten überhaupt nichts gesehen. Robert solle alles nochmal machen, sonst gebe es Saures. Sie hätten durch ihre Schreibe schon ganz andere fertig- gemacht. ‚Was habt ihr gefühlt, als Robert seine Lip- penbewegungen machte?' fragten sie uns. Aber was die Zeitungen später darüber schrieben, stimmt nicht. Robert blickte die beiden nicht mal an."

„Journalisten", sagte Helmut.

„Ich hab' jedenfalls mit dem Fatimawasser meinen Hexenschuss weggekriegt!" behauptete der Autoh- ändler.

Unser gutaussehender Platzwart kam mit einem sei- ner Lieblingssprüche: „Einbildung ist auch 'ne Bil- dung."

„Richard und Wichart glaubten, sie seien ausgeschlos- sen worden und rächten sich in den paar Blättern, zu denen sie Zugang hatten. Sie schrieben, Robert sei mit dem Teufel im Bund. Alle seine Verträge enthiel- ten Klauseln, wie man sie auch in den Urkunden Satans finde. Das merke man daran, dass die Spieler die Verantwortung für den Sieg immer einem Dritten zuschöben. Tatsächlich hatte Roberts bester Heroe in einem Interview mal gesagt: ‚Manchmal habe ich das Gefühl, dass nicht ich es bin, der siegt, siegt und siegt!'"

„Das Gefühl hab' ich auch schon mal nach'm guten Abschluss", sagte Erlgart.

„Ich auch!" Gagné eilig.

„Was die beiden sonst geschrieben haben", so die Nummer Eins weiter, „stimmte. Er ließ sich wirklich mit kalifornischem Wein volllaufen und als Admiral anreden. Die Preisgelder nannte er Beutepfenning, die Tennistouristen Wallbrüder, die Groupies Hurenkinder, die Sponsoren Wechsler und das Flugzeug, das wir verpasst hatten, Flügelpferd. Die Presse hat den Abend später groß rausgebracht."

„Ich hab' nach dem Urlaub alle möglichen Zeitungen durchgeblättert", sagte Helmut, „dabei ist es mir nochmal aufgefallen. Der Tag, als Reagan im Libanon war. Die Schlagzeile und darunter ein grob gerastertes Foto von der Hotelhalle, auf dem man so gut wie nichts sah."

„Und?" fragte Gagné.

„Nichts", gab unsere Nummer Eins kurz zurück. „Eine Woche später lächelte er aus einer Sektreklame. Den Westernschnauz buschig nach oben gezwirbelt, verschwand er mit einem Mannequin in einem Hotelzimmer. Auf dem Foto parodierte er das Westernlächeln des Gewinners, das er seinen Gladiatoren beigebracht hatte. Und ich, ich war die törichte Zuneigung für Violence los, die mich einen ganzen Sommer in Bann gehalten hatte."

„Was macht er eigentlich im Augenblick?" fragte Werner.

„Du brauchst nur irgendeine Sportsendung anzuschalten", gab ihm Karl zur Antwort, „dann wird dir seine kirgisische Stimme entgegenraunen. Ich hoffe nur, dass du dann keinen Garten mit grünen Auen siehst, keinen Teich und nicht die ploppenden Blasen nach Luft schnappender Fische."

„Wenn alles Einbildung ist", fragte sich der Autohändler, „warum soll man sich nicht auch sowas einbilden wie die Leute am Tisch?"

„Einbildung ist auch 'ne Bildung!" wiederholte Addi, unser Schönling.

Erlgart holte tief Luft. Aber jemand erzählte noch schnell etwas Witziges vom Kloster Immenhof. Alle lachten, als sie sich dem Steuerberater zuwandten, der kleinlaut meinte, er kenne das Kloster nicht.

„Wochenendmeditationen", belehrte ihn Gagné. „Wenn du's mal gemacht hättest, würdest du das Kloster kennen."

„Ich kenn' einen, der hat sich in die Hose gemacht, weil seine Frau ihn verlassen hat!" sagte Gagné.

Alles lachte. Draußen vor dem Clubgelände, hinter der Walnussbaumallee, begegneten sich zwei Schiffe auf dem Rhein. Es sah aus, als führen sie ineinander, wirkten wie ein Schiff, um sich dann wieder freizugeben und voneinander zu entfernen. Ein roter Zug lenkte den Blick auf sich vor dem herbstlich bewaldeten Hang.

Gagné hob sein Glas: „Prost!"

„Prost, Gemeinde!" sagte der Platzwart. „Kann ich 'n Kaffee kriegen?"

„Können Sie!" sagte das Mädchen, das bediente. „Sie kriegen auch noch 'n Keks dazu!"

„Ars vivendi!" sagte Gagné.

„Wir reden von Trennungen", erinnerte Erlgart.

„Lieber Himmel!" sagte Werner. „Addi ist glücklich verheiratet! Zeig' doch mal 'n bisschen Taktgefühl!"

„Mon dieu!" stöhnte der Platzwart. „Geht das schon wieder los! Nächstes Jahr sind's fünfzehn Jahre. Noch mal zehn, und ich hab' meine Rente durch!"

Alles gratulierte.

„Trennung?" sprach Addi nachdenklich weiter. Er wandte uns sein Gesicht zu. „Ich war mal was anderes, bevor ich bei euch Platzwart wurde."

„Du warst doch Fräser", stichelte Philipp.

„Ich war König Fußball", behauptete der Platzwart.

„König Fußball?" rief Gagné. „Der Kerl mit dem weißen Gesicht und der Blechkrone, den die Skins auf den Schultern raustrugen, wenn das Spiel gewonnen war? Das darf doch nicht wahr sein!"

„Der war ich!" Der Platzwart war ganz stolz. „Die Geschichte heißt auch so: ‚König Fußball'."

KÖNIG FUSSBALL

„IMMER, wenn ich durchs Werkstor ging, hörte ich die Stimme: ‚Falsch, falsch, falsch!' Wenn ich meiner Frau davon erzählte, sagte sie: ‚Tu's nicht, Addi! Die

Leute zeigen mit dem Finger auf dich!' Aber wenn schon nicht in der Fabrik, wollte ich wenigstens im Stadionkessel der erste sein, umtost von den Fans und eingehüllt in Beifall. Im Kaufhof bekam ich Fahnenstoff. Ein Schneider fand sich, und bald war ich in meinem schwarz-rot-goldenen Umhang der Liebling der Fans in den Westkurven. Doch eines Tages gingen im Betrieb die Aufträge zurück. Einen Monat später war ich entlassen."

„Schlicht und einfach", ging Helmut lakonisch dazwischen, „wahrscheinlich zusammen mit ein paar anderen."

„Ja", bestätigte Addi. „Nachts träumte ich von Doppeldeckern, die im Tiefflug Bomben nach mir warfen. Ich bekam Luftpostbriefe von den Fans. Wenn ich sie öffnete, waren Golfbälle drin. Aber der Fußball entschädigte mich, wenn hundert Fans im Sonderzug ‚König Fußball' skandierten, dann wusste ich, dass ich dahin gehörte und nicht in die Fabrik. Ich lebte vom Verdienst meiner Frau. In den Sonderzügen durchstreifte ich die Republik, immer dorthin, wo die Mannschaft spielte."

„War das nicht furchtbar?" rümpfte Gagné die Nase, „immer mit den Prolos zusammen!"

„Wir hatten ja Dosenmet", so drückte es der Platzwart aus. „Wenn die Mannschaft gewonnen hatte, fraßen sie mich auf vor Liebe."

„Und wenn ihr verloren hattet?"

„Dann richtete sich keine Kamera auf mich. Auf der Rückfahrt rissen die Skins die Abteiltüren auf, als vermissten sie etwas. Schwere, gestiefelte Männer, die sich flink bewegten und nur nach einem Vorwand suchten.“

„Konnte ja keiner raus!“ bemerkte Opaniak.

„Kahlköpfige in Drillichhosen und Markenstiefeln, mit Runenringen, Tattoos und Ohrsteinen, die ihre Allmacht bewiesen. Auf ihren Gesichtern war jedes Gefühl ein Grinsen.“

„Für mich steht der Mensch im Vordergrund“, sprach Gagné.

„Nach den Spielen ließen die Häuptlinge ihre ‚Soldaten‘ zur Vergatterung antreten, die Daumen in die Jeanstaschen eingehängt, mit der bösartigen Sprachlosigkeit der Alphatiere, an denen keiner vorbeikommen sollte. Wenn einer nicht wollte, zwangen sie ihn in die Knie. Der Anblick der Nagelschuhe, der Geruch nach Rauch, Schweiß und Bier reichte. Auch schon mal eine Nacht in der Zelle, wenn wir randaliert hatten. Tränengas in Straßburg, französische Flüche: ‚Ah, les boches allemands! La guerre n‘est pas finie!‘ Die Herrenmenschensprüche, die ungefiltert aus den Mündern kamen. Im Zug ließ ich das Spiel meistens noch mal Revue passieren. Erst musste man das anschwellende Tosen aus dem Stadionkessel vergessen. Als säße man in einer kleinen Filzjurte in der Steppe und um das Zelt herum das Brechen einer dünnen Eisfläche, wenn sich jemand zu früh draufgewagt hatte. Das Rollen von Reifen oder ein Flugzeug ganz von ferne. Ein Zahnarztbohrer, Autolärm, ein Wipfelrauschen, Bienensummen durch einen Lautsprecher. Das rhythmische Aufblitzen der Feuerzeuge, wenn es vor dem Tor spannend wurde. Der Schlusspfiff und das zappelnde Hinausströmen durch die Gitter, mit denen man sie während des Spiels getrennt hatte. Das Schimpfen und Stoßen, wenn sie sich zu nahe kamen."

Alle hingen gespannt an Addis Lippen, wer hätte das gedacht, Addi, der Platzwart, der Schönling.

„Zu den Haltestellen, durch die Halden geparkter Autos, die die Arena umzingelt hatten. Zum Bahnhof in die überfüllten Blechzelte. Die Randale auf dem Bahnsteig während des Wartens auf den Sonderzug. Auf ihren Schultern, wenn wir gewonnen hatten. Im Zug auf die Flure gedrängt, wo sich die Leute vorbeipressten. Herausjohlen aus den Fenstern, wenn wir irgendwo hielten. Zuhause. Dumpf von Lärm und Alkohol. Ein Taxi oder die Straßenbahn. Ausnüchtern auf dem Bett, während die Frau das Essen richtete. Warten auf ‚Das aktuelle Sportstudio'. Alles nochmal serviert bekommen. Meine Frau aus dem Wohnzimmer: ‚Addi, es fängt an!' Eines Tages: ‚Addi, du bist im Fernsehn!' Ich war an dem Tag betrunken und müde und blieb im Bett. Aber wir hatten ja das Video, und am nächsten Tag sah ich's mir in Ruhe an. Erst sah man die Ausschnitte von den Spielen. Auf dem Platz hetzten sie hakenschlagend hinter dem Lederstück her. Der Reporter sagte etwas dazu. Die Kamera schwenkte in die Westkurve und zeigte ein Knäuel Zuschauer. Sie drangen genauso flink aufeinander ein wie die Spieler unten auf dem Platz. ‚Das sind Szenen, liebe Zuschauer‘, sagte der Sprecher, ‚die mit Sport nichts mehr zu tun haben‘. Die Kamera schwenkte nach links und ich sah mich selbst, Addi, benommen lachend auf den Schultern der Fans. In der Rechten hielt ich eine Bierflasche, in der Linken die Vereinsfahne. Meine Messingkrone war nach hinten gerutscht. Der Reporter hielt mir ein Mikrophon hin und fragte: ‚König Fußball, können Sie unseren Zuschauern sagen, was Sie fühlen?‘ Der auf dem Bildschirm brachte nichts heraus. ‚König Fußball‘, fragte der Reporter, ‚fühlen Sie mit Ihrer Mannschaft oder mit der, die heute verloren hat?‘ Die Person auf dem Bildschirm schob die Unterlippe vor, und die Kamera zeigte die Lippe in Großaufnahme. ‚Bilden Sie sich Ihr Urteil selbst, liebe Zuschauer!‘ sagte der Reporter. Die Fans ließen mich herunter. Die Kamera schwenkte über die Menge ins Stadion, das wie ein leeres Schwimmbad wirkte. Ich, vor dem Bildschirm, fühlte mich, als tauche ich da unten aus dem Wasser, die Poseidonkrone aus Billigblech auf dem Kopf.“

„Und dann hast du damit aufgehört?" vermutete Opaniak mitfühlend. „Was du gesehen hast, hat dir gereicht? Wahrscheinlich wegen deiner Frau!"

„Zwei oder dreimal hab ich mir das Band noch angeschaut, dann habe ich es gelöscht. Ich konnte mich nicht mehr sehen. Ich brauchte einen neuen Beruf."

Es war dunkel geworden. Auf der Wallnussallee waren keine Spaziergänger mehr zu sehen, aber noch immer begegneten sich die Lichter der Schiffe auf Berg- und Talfahrt und warfen flirrende Lichtstreifen aufs Wasser. Fast alle anderen Spieler waren gegangen, und in der Küche des Restaurants brauste dunkel und warm die Spülmaschine. Marianne hatte die Terrassenbeleuchtung angedreht. Ganz schwach hörte man das Rauschen der Bäume von draußen und sah das Zittern der Blätterspitzen. Die sandroten Vierecke unten auf dem Platz konnte man nur noch ahnen.

„Jetzt habe ich Hunger", beendete Opaniak die Stille, „könnte jetzt gut was zum Verdauen gebrauchen!"

„Ich geb' eine Runde Schnittchen aus", sagte der Wirt Herbert. „Vier Stück kann jeder nehmen!"

„Ist auch kein Fisch dabei?" fragte Gagné.

„Kein Fisch", bestätigte das Mädchen, das bediente. „Schinken auf Melone, Wachteleier und Kaviar. Schafskäse und so weiter."

Gagné zeigte seinen Widerwillen: „Mit Fisch kann man mich jagen. Mir reicht's, wenn ich an der ‚Nordsee' vorbeigehe!"

„Ein Duft wie aus einer öffentlichen Toilette!" schüttelte sich Opaniak.

„Einen Eiskaffee!" orderte Erlgart, „mit 'nem Titanicberg aus Eis drauf!"

„Zu viel gemacht, was dich erwärmt hat?" fragte Gagné.

„Halb und halb", antwortete Ergart.

„Kann denn keiner eine richtig schöne Liebesgeschichte erzählen?" klagte Opaniak. „Ne schöne Schnulze mit Tränen und Happy End!"

„Doch", sagte Erlgart. „Regina und ich wurden von einer Handleserin wieder zusammengebracht."

„Du sollst was von einer Trennung erzählen", mahnte ihn Herbert, „und nicht, wie ihr zusammengebracht wurdet!"

„Wie heißt die Geschichte?" wollte Gagné wissen.

„Besitz", verkündete Erlgart.

„Jeder will den anderen besitzen", meinte Opaniak, „die Frage ist, ob man's auch schafft."

„Soll ich, oder soll ich nicht?" hakte Erlgart ungehalten nach.

„Jaa", riefen alle.

BESITZ

„ICH hätte nicht gedacht, dass ich mal eine so schöne, zuverlässige Frau heiraten würde", begann Erlgart. „Vor der Hochzeit musste ich lange um sie kämpfen. Sie hatte eine ruhige Altstimme und erinnerte mich an Joan Fontaine in Hitchcocks ‚Rebecca'. Wir heirateten endlich und zogen in ein kleines Haus in Eschborn. Sie arbeitete halbtags in einer Bank. Ich schrieb pro Tag ein Gutachten und suchte nach neuen Kunden. Bücklinge in den Vorzimmern. Bla, bla! ‚Küss die Hand! Hätten Sie nicht ...? - Nein? Nächste Woche? - Ich danke Ihnen! Danke! Vielen Dank!' Wenn ich nachmittags zurück nach Eschborn fuhr, schimmerte zwischen den Hochhäusern die Deutsche Bank. Wenn die dir was geben, dachte ich, dann hast du es geschafft! Aber ich hatte nicht gewusst, was es heißt, mit einer Frau in einem kleinen Haus zu leben, eingezwängt zwischen Fernseher und Zierrasen. Sie sollte für mich da sein, dafür würde ich sie füttern. Sie durfte mir aber nichts Böses tun, wenn sie spürte, dass sie mich langweilte. Denn jeden Tag sah ich am Kaiserplatz die Motorradzentauren mit den Sirenen hinten auf dem Sozius. Natürlich hat man's dann doch geschafft, denn ein Jahr später hatte ich meinen ersten Vertrag mit der Deutschen. Aber vor McDonalds knatterten die Frühlingswimpel. Der Mini kam auf, und am Kaiserplatz fuhren die Kawas rauf und runter."

Erlgart machte eine kleine Pause, räusperte sich und redete dann weiter.

„Ich mietete in der Innenstadt ein kleines Büro. Regina lief durch die Fußgängerzone und kaufte Sonderangebote. Abends lagen im Flur die Haufen verpackter Kartons. Auf dem Nachttisch standen die Piccolos, und wenn ich wollte, drehte sie sich zur Wand. Ich fragte Edgar. Der riet mir zum Spezialisten."

Der Autohändler nickte zur Bestätigung.

„Na ja, am nächsten Montag saß ich um neun Uhr früh im Sprechzimmer von Dr. Renatus Frühwerk."

„Und?" bohrte Gagné.

„Sehr schick", sagte Erlgart. „Im Vorzimmer die Schreibfräulein. Im Sprechzimmer er, hinter seinem braunen Eichenschreibtisch. An der grün gestrichenen Wand das Bild einer balinesischen Tempeltänzerin."

„Was sagte er denn?"

„Er sagte, wir seien doch freiwillig zusammen. Ich solle meiner Seele mal ein paar Flügel wachsen lassen."

„Flatter, flatter!" lästerte Gagné.

„Ich sollte ihm meine Träume erzählen. Aber ich träumte nur von meiner Großmutter. Ich spielte mit ihr zusammen Saxophon und hatte das falsche Plättchen drin. Danach wachte ich auf und sah im Badezimmerspiegel mein unrasiertes, ausgemergeltes Gesicht. Frühwerk sagte, ich solle Regina einmal mitbringen, um auch ihre Meinung anzuhören. Ich erwiderte, ich brauche nur ein paar gute Tipps, um die Sache in den Griff zu kriegen. Er sagte, dann sei ich bei ihm falsch; dann müsse ich mir aus der Hand lesen lassen."

„Wer heute keinen Guru hat, gilt doch als Hampelmann", kommentierte Gagné. „Aber das interessiert mich nicht. Deshalb hab' ich immer noch keinen!"

„Seid ihr, oder seid ihr nicht?" fragte Helmut.

„Natürlich nicht", sagte Erlgart. „Nach fünf Jahren Ehe. Ich stieg nach Büroschluss den Bistromädchen nach. Eine verfolgte ich bis in ein Kellerlokal, wo alte faltige Männer mit offenen Hemden und Goldkettchen an Marmortischen saßen. Zwischen den Tischen waren Schnüre gespannt, auf denen ließen sie Zettel hin und her flitzen. Spät abends im Schlafzimmer drehte sich Regina nicht mal mehr zur Wand. Vor lauter Stress bekam ich einen feuerroten Ausschlag am Handgelenk, da, wo die Uhr sitzt."

„Wer keine Uhr hat, hat immer Zeit", wusste Gagné. „Nimm noch eins mit Schinken und Melone!"

„Ich zog mich in die Büroklause zurück", nahm Erlgart den Faden wieder auf. „Mit der Spiegelreflex fotografierte ich durchs Fenster Wolken und parkende Autos. Ich versuchte es sogar mit der Natur. Aber ihr kennt ja unseren Wald, angelegt, dass sich die Eisenbahner darin ergehen: Lustigsein, Sängerausflug, grüne Lunge, Erholung!!

„Tralala!" jauchzte Gagné.

„Einmal würden wir noch zusammen in Urlaub fahren. Wenn das nichts nützte, würden wir uns scheiden lassen. Wir buchten eine Flugreise nach Taormina auf Sizilien. Die Insel aus der Luft: von der Sonne gelb-braun ausgedörrt. Auf der Gangway schlägt dir die feucht-warme Luft entgegen. Mit dem Bus geht's durch zwei Dörfer nach Taormina-Stadt, wo das Hotel liegt, ein Hochhaus, an dem noch herumgemauert wird. Man steckte uns in ein Gartenhäuschen seitab, wo wir unsere Ruhe hatten."

Kennerisch kam von Gagné: „War ja auch eine Fortunareise."

„Jeden Morgen fuhren wir mit der Seilbahn ans Meer, ließen uns auf den Felsen braten, aßen eine Kleinigkeit an einer Strandbude und schwebten am Nachmittag in der überfüllten Funivia zum Hotel hoch. Abends im Speisesaal setzte man eine Frau an unseren Tisch, die am Wochenende ausspannte und deshalb allein aß. Sie war Handleserin und hatte eine kleine Praxis in Naxos. Sie lud uns ein, sie einmal zu besuchen. Sie würde unser Manogramm machen. Im Urlaub hat man ja Zeit."

„Manogramm!" brummte Gagné, „dass ist jetzt wohl das Neueste!"

„Den Mittwoch darauf liehen wir uns einen Landrover und fuhren die Serpentinen hinunter nach Naxos. Sie saß im Kimono zwischen zwei Räucherkerzen an ihrem Arbeitstisch. Die Wand hinter ihr war vollgesteckt mit Widmungen, Dankschreiben und Fotos von Zeitgrößen. Sie nahm meine linke Hand, legte sie mit dem Handteller nach oben auf den Tisch und sagte: ‚Eine wunderbare Ehelinie, keine Krümmung, keine Knoten. Sie denken nicht mal andere Frauen! Einen besseren Mann werden sie kaum finden, Regina!'“

„Er schielt den Mädchen nach“, behauptete Regina, „ich fühle es.“

„Und Ihre Linie?“ Sie beugte sich über Reginas Hand. „Das ist keine Ehelinie, das ist eine Serpentine! Wenig Ernst, keine Verantwortung, nur Männer im Kopf!“

„Genau umgekehrt!“ protestierte Regina.

„Ich irre mich nie“, beharrte die Handleserin und prüfte meine Handfläche mit einer Leselupe nach. „Die Treue selbst! Hier!“ Sie fuhr mit dem Bleistift eine große, gerade Linie auf meinem Handteller nach. „Sieh an, dachte ich, und alles hinter der bekümmerten Maske. Ich besaß also bereits eine dieser Frauen, denen ich am Kaiserplatz hinterherschielte.“

„‚Klemmen Sie sich Ihre treue Seele unter den Arm, Regina, und leisten Sie sich ein Riesenessen. Und Sie, passen Sie auf ihren Vamp auf, der so scheinheilig auf den Boden schaut. Einmal nicht aufgepasst, und sie

hat sich dem ersten Besten an den Hals geworfen.'
Das war der Rat der Handleserin." Erlgart schüttelte
nachdenklich den Kopf.

„Die frisierten Häuptlingsköpfe auf der Plaza, die
sich so bedeutsam vorkamen, die diskreten Blicke der
Dragueurs störten mich plötzlich. Sie gafften nach
meinem verräterischen Weib. In einem Gartenrestau-
rant bestellten wir Aperitifs. Ein bärtiger Häuptling
greift nach der Gitarre und schlägt ein paar Akkorde.
Seine Kumpane beginnen zögernd zu singen. Ein
braungebrannter Endvierziger tanzt eine Art Fan-
dango dazu und kommt dabei immer näher. Regina
spielt die Gleichgültige. Aber sie kann mich nicht
mehr täuschen. Ich knirsche mit den Zähnen. Wenn er
näherkommt, erwürge ich ihn. Ich weiß, wen er will,
meine schöne verräterische Frau."

„So oder so", meinte der Autohändler nachdenklich,
„sie hat ihr wirklich geholfen!"

„Man braucht einfach einen kleinen Einfall in solchen Situationen", sagte Gagné. „Jedenfalls hast du
bekommen, was du wolltest."

„Ich hab' sie heute noch", bestätigte Erlgart.

„Hat sich was geändert?" wollte der Autohändler wissen. „Mehr Höflichkeit oder so?"

„Meine Herren", tönte Gagné, „das Haus spricht sich
für mehr Diskretion aus!"

„Antrag angenommen!" sagte Philipp. „Kommst du zu den Vorstandswahlen oder nicht?" wandte er sich an Brian.

„Bin vielleicht grad' in Holland", sagte Brian. „Zum Segeln! Wenn ich fahr', fahr' ich übernächsten Donnerstag, zusammen mit Erlgart. Wenn der nicht fährt, fahr ich auch nicht!"

„Sag mal, Brian", ließ Opaniak vorsichtig hören, „willst du eigentlich nie heiraten?"

„Ich war kurz davor!"

„Er ist immer kurz davor!" kommt von Gagné.

„Wann war das denn?"

„Ich hatte gerade mein erstes Examen bestanden und mich auf Kredit in eine kleine Anwaltskanzlei eingekauft."

Er kramte in seinem Jackett, zog ein Foto aus der Brieftasche und schob es über die Tischdecke, eine junge Frau mit schönem, flächigem Gesicht und rührenden, hungrigen Augen, die etwas zu verbergen schienen.

„Das schleppst du die ganze Zeit mit dir herum?" wunderte sich Gagné. „Die wolltest du heiraten? War sie von hier?"

„Aus einem kleinen Dorf im Schiefergebirge", erzählte Brian, „wo ihre Eltern günstig gebaut hatten. Ihre Großmutter hatte noch davon gelebt, dass sie Puppenkleider häkelte."

„Wie heißt die Geschichte?" fragte Opaniak neugierig.

„Ich nenne sie ‚Das Akrobatenkind‘."

„Und die Eltern?" fragte Opaniak. „Was machten die?"

DAS AKROBATENKIND

„IHRE Eltern waren freie Handelsvertreter, mit dieser einen Tochter als Brücke zur Welt. Beichtschwester der Mutter, Beichtmutter des Vaters. Zusammen wollte man nach oben. Alles Bessere war in der höheren Klasse. Die höhere Klasse waren ‚die Selbständigen‘ in der Bungalowsiedlung. Als Vertreter war man Selbständiger. Eichenwohnwand, Lederkombi, Perserbrücken. Aber kein Gehalt, nur Provision! Leute, bedenkt das bitte! Dazu der Schluck gegen den Stress. Und was abends im Fernsehen kam, war nur im Urlaub mit Händen greifbar: Australien, Bolschoi, Ceylon, Zypern!"

„A bis Z", sagte Gagné.

„Diese Welt würde man ganz entern, sobald die Tochter den Traummann eingebracht hatte. Aber als sie merkten, dass ich ihnen die Tochter wegheiraten wollte, war es vorbei."

„Gib nochmal das Bild rüber", verlangte Gagné. „Ein bisschen maskenhaft vielleicht. Die Gürtelschnalle etwas zu groß. Der Tigerzahn am Hals, na ja! Wirkt'n bisschen berechnend."

„Ist mir damals nicht aufgefallen. Ich wollte sie ja heiraten. Wir würden amerikanisch leben: in einem weißen Haus mit einem Briefkasten vorn am Gartenzaun. Ich würde samstags den Rasen mähen, und sie würde mir aus dem Küchenfenster etwas Freundliches zurufen. Die Kinder würden wir zusammen erziehen und ganz früh deren Talente entwickeln. Wir sprachen oft darüber, und als sie's zuhause mal erwähnte, machte ihr Vater wieder eine größere Tour. Damals wusste ich fast nichts übers Trinken. Ich merkte nur, wie sie sich veränderte, starrer wurde, ohne darüber zu sprechen. Sie übernachtete nicht mehr bei mir, weil man sie zuhause brauche. In irgendeiner Nacht brach es aber doch aus ihr heraus. Der weiße, halb entkleidete Leib des Vaters, wie tot auf den Treppenstufen des Vorgartens. Ihn schnell hineintragen wegen der Nachbarn. In die Kellerkammer, wo er ausnüchtern kann. Jemand muss das Erbrochene wegwischen. Ihn herumdrehen. Vorsicht, wenn er aufwacht, dann kommt oft noch ein Schub: ‚Lass ihn doch sausen, den Windhund, den Rechtsverdreher! Du bist doch nur sein Betthäschen! So tief bist du gesunken!' - Er verfolgt sie durchs Haus. Sie läuft nach draußen, weil es keine Zimmerschlüssel gibt. Im Flur schlägt er hin und schläft wieder ein. Er hält das Bild der Tochter in der Hand. Im Ballettröckchen. Sie blickt scheu in die Kamera."

Draußen im Dunkeln sah man Lichter in verschiedenen Entfernungen, unterschiedlich schnell und in zwei verschiedene Richtungen: auf dem Rhein, dem gegenüberliegenden Bahndamm, der Bundesstraße. Brian holte tief Luft und redete dann weiter.

„Er wacht das zweite Mal auf. Der Stoff hat ihn menschenfreundlich gemacht. Er wird nie mehr ... Sie sind doch die Dreierbande, die schon ganz anderes durchgestanden hat. ‚Schick erst den Kerl weg! Das Fünfwochengeld geht sofort an die Bank. Für Heirat ist es doch viel zu früh. Du hast noch so viel vor dir!' Er muss nur noch mal auf die Zweigstelle. Um fünf Uhr morgens setzt ihn ein Taxi vor der Haustür ab. Das Aufwachen in der Kellerkammer. Eine Woche später kommt die Rechnung für das zerbrochene Glas, weil er einem Kellner helfen wollte, die Stühle auf den Tisch zu wuchten, wo noch die Gäste dransaßen."

„Was sagte denn die Mutter?" fragte Gagné.

„Die begann, sich eigene Vertretungen zu suchen. Ihr Geld reichte gerade für Essen, Grundschuld und Kleider. Eine Sonnenbank, damit man Farbe zeigte. Sie teilte sich ihr Revier mit einem Mann und lernte ihn näher kennen. ‚Das ist ein vollwertiger Mann!' meinte sie entschuldigend, ‚hab' ich nicht das Recht? Gönn' deiner Mutter das bisschen Glück! Denk an den Vater! Er gehört doch uns beiden. Du bist noch so jung! (Sie war fünfundzwanzig.) Ich brauch' mein Geld für mich!' Jetzt muss er allein für's Essen arbeiten. Immer wenn ich jetzt von Heirat sprach, flüchtete sie in eine Starre, wo ein einziger Erinnerungsversuch alles nicht Erinnerte auf den Weg bringen würde. ‚Sprich doch mal mit ihr!' sagte ich. Sie tut's. Er wird nie mehr einen Schluck ... Man muss nur wollen. Sparen! Die alten Anzüge tun's doch auch. Eine Deoflasche reicht fünf Wochen. Die Zigaretten halbieren; das macht zwei! Trinken? Er ist ein Mann in den besten Jahren, dem das Zeug eigentlich nicht schmeckte. Auf der Rundreise trank er ja auch so gut wie nichts. Nur noch der Abschied von den Monteuren. Wir beschließen, in eine andere Stadt zu ziehen. Ich würde irgendwo in ein Anwaltsbüro einkaufen. Nach drei, vier Jahren wäre ich schuldenfrei. Sie würde so lange bei irgendeiner Bank .... ‚Sammel erst noch ein paar Erfahrungen', sagt die Mutter. ‚Ein Vater soll seine Tochter verlieren?' sagte sein Kneipenwirt."

Brian macht eine Pause, als wollte er nicht mehr weiter erzählen:

„Das kennt ihr doch alles Leute: ‚Es gibt noch eine Ehre unter Männern. Du machst jetzt genau, was wir dir sagen! Darauf zwitschern wir einen!' Diesmal bringt ein Nachbar den fast Leblosen zurück. Jemand muss da sein, wenn er aufwacht. Sie hat doch nicht etwa schon? Heimlich, standesamtlich? Nein?

Gottseidank! Was soll er denn allein im leeren Haus. Wenigstens solange, bis er trocken ist. Die eigene Frau hat doch längst einen andern. Ihn abgeschrieben. Drohen und Versprechen. Rücknahme des Versprochenen. Rücknahme des Gedrohten. Rücknahme der Rücknahme."

„Der Rücknahme!" sagte Gagné, dem nichts unbekannt zu sein schien.

„Die Mutter: ‚Er ist doch dein Vater! Die Leute tuscheln schon.' Wringmaschinen, Wringmaschinen! Bei dem gemeinsamen Essen bricht es aus ihr heraus. Sie fragt in eigener Sache und erhält Ratschläge, die ihren Vater dahin gebracht hatten, wo er war."

„Gut ausgedacht!" meinte Gagné. „Was war sie denn genau für'n Typ?"

„Zu früh abgestorben", sagte Brian. „In irgendeinem Frühling sind wir mal in Meran gewesen. Im Etschtal blühten die Forsythien. Über Nacht war der Tau auf den Knospen festgefroren. Die blühenden Eisbäumchen zogen sie magisch an. Erstarrte Wasserzungen leckten die Äste hinab. Dazwischen die gelben, glockigen Blüten. Das Eis ganz darum herumgeschmiedet, als gehöre es zum Baum. Sie träumte sogar davon. Unter den eisigen Zweigen wählte ein Konvent den Friedensminister. Ihre Wahl ist ungültig. Denn es durften nur Romanfiguren gewählt werden. Sie hätte die Hauptfigur aus der ‚Liebesmaschine' von Jaqueline Susan gewählt, einen Typen namens Robin Stone."

„Chaqun à son gout!" sagte Gagné.

„Als ich merkte, wie tief sie verstrickt war, wollte ich sie retten - gegen den Vater! Aber das war genau das, was er wollte. Wenn er Vorwürfe bekam, hatte er einen Grund mehr zum Trinken."

„Hatte er ja auch!" kam es nüchtern von Opaniak.

„Sie erkannte meine Anstrengung und bedankte sich mit Hingabe. Am liebsten zum Vivaldisound aus dem Kassettenrekorder auf dem Nachtkästchen. Ihr vorgebeugter Hals, wenn sie hinterher das Bett machte und die Kissen flachklopfte. Aber so praktisch und tatkräftig sie war, führte sie doch nichts zu Ende. Wenn der Vater getrunken hat, schlägt er sie. Sie ringt mit ihm. ‚Auf die Knie, sonst gibt's was!' Sie schlägt zurück, einmal so hart, dass er liegenbleibt."

„Warum ist es denn überhaupt auseinandergegangen?" wollte Opaniak wissen. „Aber ihre Gründe zuerst!"

„Alles nur für dich!" sagte Brian. „Sie kam mir so: ‚Nicht so wie ich dich! Es gar nicht glauben! Vater im Stich lassen? Nicht drängen! Meine Panik verstehen! Blößen gegeben!'"

„Und deine?"

„Fast die gleichen. Versprechen! Hinhalten! Soll er doch bestimmen! Widersprichst dir selbst! Unter allen Umständen. Den Vater wickeln! Nicht eingestehen! Enttäuscht!"

„Au weh", Opaniak war mitfühlend. „Wie hat sie dann darauf reagiert?"

„Sie ist geflüchtet, von einem Tag auf den anderen. Sie packte ein paar Sachen in eine Reisetasche und ging an den Bodensee, wo sie von Jobs lebte. Sie blieb zehn Monate dort und kam dann jedes Jahr ein paar Kilometer näher zu uns zurück. Zweimal durch Heirat. Frisch geschieden, tauchte sie ganz in der Nähe wieder auf. Als ich sie besuchte, wohnte sie in einem neuen weißen Bungalow mit einem Briefkasten vorn am Gartenzaun. Sie hatte ihn noch zusammen mit ihrem ‚Ex' gekauft. Das Haus war vom Keller bis zum Dach mit Vorräten vollgestopft, aus denen sie mir ein Essen kochte. Ich fühlte mich unwohl zwischen den vielen nachgeahmten Stilmöbeln und überlegte, wie ich mich wegstehlen konnte. Ich hatte oft an sie gedacht. Manchmal hatte ich geglaubt, ich liebte sie noch. Aber fünf Jahre sind viel. Züge, die ich früher kaum an ihr wahrgenommen hatte, waren stark und hart geworden. Sie schätzte mich genau ab, und ich merkte, dass sie in der Lage war, jeden geschickt zu täuschen. Ihr Körper war immer noch schön. Aber er war zu kräftig geworden und reizte mich nicht mehr so wie früher. Sie hatte das ganze Kellergeschoss zum Büro umbauen lassen und führte ihre Kreditkarten vor, Fax, Laptop, alles mit einem Fingerschnippen."

„Schade", bedauerte Gagné. „Aber was wurde aus dem Vater?"

„Angespült", sagte Brian. „In der Stadt, die er so ungern verlassen hatte, um im Schiefergebirge so günstig zu bauen."

„Und was machte die Mutter?" fragte Opaniak.

„Ich hatte sie einmal überraschend besucht, als wir noch zusammen waren. Die Tochter war noch nicht zuhause. Vom Wohnzimmer führte eine geöffnete Tür ins Schlafzimmer. Da klingelte es an der Haustür. Draußen stand ein Mann, der sich Schacher nannte und die Haare in die Stirn gestrichen trug. Er fragte nach ihrer Tochter. Die Mutter schloss die Tür zum Wohnzimmer, damit er mich nicht sah. Da lief ich über die Terrasse nach draußen."

„Wenn du was Neues gehabt hättest, wärst du schon vor ihr verduftet!" sagte Gagné.

„Sie war ja so oft krank", fuhr Brian fort. „Nach ihrer Mandeloperation spielten wir auf dem Klinik- flur Nachlaufen. Ihr Vater kam sie oft besuchen und wartete dann grimmig und beharrlich am Treppenge- länder, bis ich mich verabschiedet hatte. Dann hat sie sich meistens noch ein bisschen um ihn gekümmert. Einmal sind wir im Urlaub eine Bobbahn mit einem Skeleton heruntergefahren. Ich konnte den Crash nur

vermeiden, indem ich die Arme nach beiden Seiten heraushielt. Aber wir bekamen doch ein paar Beulen."
„Nichts ist schöner als gemeinsame Erinnerungen", schwärmte Gagné.
„Wenn welche da sind", hielt Opaniak dagegen.
„Ich hab' mich mal in eine verliebt, die hab' ich überhaupt nie kennengelernt", sagte Werner, der Mathematiker. „Damals nahm ich die Laufdroge. Langlauf ist ja eine Welt für sich mit seinen Trainingspäpsten und der Ernährung. Also, ich hab' sie nicht kennengelernt und mich trotzdem getrennt."
„Wie heißt die Geschichte?" fragte Gagné.
„Lange Strecke", antwortete Werner. „Ich nenne sie ‚Lange Strecke'."

LANGE STRECKE

„MIT jedem Startschuss flammten die Feuerzeuge aus dem Tribünenschatten. ‚Komm, Komm! Hopp, Hopp!' In der Kurve waren die Stimmen nur noch Bienensummen. Die Lanze des Speerwerfers stach zitternd im Rasen. Bei fünftausend lag ich auf Platz fünf."
„Da hattest du die Hälfte", kommentierte Gagné.
„Aus der ausgeklinkten Außenwelt dröhnte der Stadionsprecher in mich hinein: ‚Noch mal durchzie-

hen für die Kameradschaft! Da wird gekämpft und gefightet! Das wird ein Bombenlauf!'"

„Wie im Meeting", wusste Gagné.

„Galt unserem Pulk. Sie hatten den Dritten rausgeblockt. Ich ging außen vorbei und holte die Zehntel auf. ‚Das ist ehrlicher Wettkampf! Die Uhr läuft mit. Helfen Sie den Athleten mit Ihrem Applaus!' Die dunkele, verregnete Gegend, in der Nähe eines Kasernenhofs. Eine beleuchtete Telefonzelle blakt auf dem regennassen Platz. Meine Mutter sieht meinen riesengroßen Sprungschritten zu, die mich nach vorn treiben. Zwei Afrikaner mit gekräuseltem Bart bestellen an einer Straßenbude Süßigkeiten."

„Ich denke, du warst im Stadion", wunderte sich Opaniak.

„Am Ziel wedelten sie mit den Armen", Werner ließ sich nicht irre machen, „legten mir ein Handtuch um die Schultern. Schon zu Ende? Meine Zwischenzeiten? Sie stützten mich. Als hätte ich das nötig. Ich musste gespurtet sein, sonst wär' die Zeit nicht so gut. Ich durfte auf's Treppchen. Nach der Dusche ließ ich meine Haare auf der Tribüne trocknen, während ich mir die Dreitausend der Damen ansah. Hinter mir saß ein grauhaariger Italiener mit Froschaugen hinter seiner starken, runden Brille. Was hatte ich während des Laufs da unten?"

„Neger mit Kräuselhaaren", sagte Opaniak, „regennasse Plätze, wo man was Süßes kriegte!"

„Unten im Stadion." Werner war noch nicht zu Ende. „Kurz vor dem trockenen Knall. Die Startnummern der ersten drei bildeten eine Reihe: fünfunddreißig, sechsunddreißig, siebenunddreißig. Nummerierte Gazellen. In der ersten Kurve schießt ein kurzhaariges, dünnes Wiesel an die Spitze und legt mit hohen Knien und eigentümlich nach vorn gekrümmten Schultern drei, vier Meter zwischen sich und das Feld. Spannend wird nur noch der Kampf und Platz zwei. Eine sehr Hübsche, etwas Rosafarbenes im blonden Pferdeschwanz, liegt an zweiter Stelle. Im schönen Schreitstil die Hüfte mitnehmend. Ihre zentaurischen Oberschenkel sind weiß und fest neben all der ausgezehrten Konkurrenz. Auf der Gegengeraden sieht es aus, als strampelten sie auf der Stelle. Wie kostbare Perlen auf einer Schnur! Scheppert die Box. ‚Bravo, Sabine, das wird die Fahrkarte nach Wahlheim!' In Wahrheit gilt der Beifall der schönen, starken Zweiten, die kurz Dritte ist, dann doch wieder Zweite, kaum bemerkt, vom Publikum, der kleine harte Kampf. Gute Soldatin! Gleichmütig hat sie die Sauerstoffschuld der Dreitausend ertragen und fast gewonnen. Jetzt liegt sie auf der Tartanbahn, die unter den Schritten der Allerletzten nachzittert. Dann steht sie langsam auf und trabt gemächlich zu ihren Leuten, ihren Sachen. Der rosarote Pferdeschwanz wird in den grünen Weiten zum Südtor immer kleiner. Plötzlich ist sie verschwunden, bleibt verschwunden."

„Und da hast du dich getrennt?" fragte Opaniak.

„An ihrem Zentaurinnenschritt fangen meine Augen sie wieder ein. Sie hat eine beige-fleischfarbene Aprèshose aus Latex über ihr Sportzeug gestreift, auf die eine kleine schwarze, Bikiniillusion aufgedruckt ist. Ihre Spikes baumeln am Handgelenk. Sie ist von einem sehnigen, dunkelhaarigen Freund bekleidet. Aber als sie näherkommen, ist es nur ihre sportliche Mutter in Jeans und T-Shirt, die von weitem für einen Mann durchgehen mag. Lachend und schwatzend klettern sie von vorn auf die Tribüne. Der Grauhaarige, offenbar ihr Trainer, rät ihr, sich auszulaufen. Irgendwas sagen, JETZT!"

„Wenn überhaupt!" stimmte Gagné zu.

„Zusammen auslaufen! Was trinken! Ich und sie, der Erste und die Zweite."

„Du hast sie angesprochen?" vermutete Gagné.

„‚Läufst du mit mir aus?' frage ich sie, ‚ich sage meiner Mutter Bescheid.' – ‚Ist das dein Trainer?' – ‚Mein Stiefvater.' - Sie geht rüber, sagt ein paar Worte, zeigt auf mich. Er nickt. Sie zieht eine Trainingshose über die Latexillusion. Zusammen durch's Südtor, wo sie vorhin mit der Mutter... ‚Darüber?' Sie zeigt auf's Auwäldchen."

„Hast du, oder hast du nicht?" bohrte Gagné.

„Ich laufe in Richtung Tribünenausgang und sehe sie vor mir. JETZT! Aber das Gedränge ist zu stark, und plötzlich ist sie weg. Ich hab' das Gefühl, der Alte mit den Brillengläsern lacht mich aus. Vorhin hab' ich sie doch auch wieder entdeckt. Irgendwo zwischen Auwäldchen und Wurstbuden dreht sie jetzt ihre Runden!"

„Und?" fragte Opaniak.

„Ich fand sie nicht mehr. Mutter und Stiefvater verschwanden in den Katakomben unter den Tribünen. Ich sparte mir das Auslaufen."

„Sie hatte dir doch gar keine Hoffnungen gemacht!" sagte Gagné.

„Eigentlich nicht", räumte Werner ein. „Mein Fahrrad stand angekettet am Stangenzaun. Die Ansagen des Stadionsprechers gingen mir im Kopf herum und was ich kurz vor'm Ziel gedacht hatte."

„Du wolltest Süßigkeiten", erinnerte Opaniak. „Zwei Schwarzafrikaner mit regennassen Haaren gaben sie dir ... Ich hätt' jetzt auch gern was Süßes, Choguretten oder Mon Chéry."

„Crisper, Crisper", lästerte Gagné, „aus der Frischebox!"

„Greift zu, greift zu, damit der Kram alle wird!" sagte unser Wirt und winkte das Mädchen mit den Schnittchen heran.

„Du kommst doch, wenn Vorstandswahl ist", fragte Gagné unseren Wirt Herbert.

„Ich bin doch immer da!" sagte der. „Greift zu! Das geht alles auf die Runde."

„Wenn du's nicht wärst", beschied ihn Gagné, „würd' ich jetzt eisern bleiben!"

„Das hier sieht aus wie'n Erhängter!" wandte sich Opaniak ab. „So eingeschnürt."

„Schon mal einen gesehen?" fragte der Wirt.

„Neulich im ‚Stern'", berichtete Opaniak. „Die geschwollene Zunge mitten im pausbäckigen Gesicht. Als würde er sie einem rausstrecken."

„Bitte keinen Fisch", wiederholte Gagné.

„Was ist denn kein Fisch?" meinte der Wirt genervt.

„Das ist kein Fisch!" behauptete er und nahm ein Brot mit etwas Rötlichem.

„Sieht aus wie Kaviar", meinte Werner.

„Das ist kein Kaviar", belehrte ihn unser Wirt, „das ist Nussschinken!"

„Viel Nuss und wenig Schinken!" flachste Gagné.

„Bei Gagné gab's letztes Neujahr nur Kaviar", wusste Wilhelm. „Erzähl du doch mal was!"

„Was denn?" fragte Gagné.

„Erzähl die Geschichte von Neujahr", schlug Wilhelm vor. „Gagné ist in seiner alten Uni gewesen und hat Geister gesehen!"

„Eine Erscheinung", meinte unsere Nummer Eins.

„Keine Erscheinung und kein Traum", korrigierte Gagné. „Die Wahrheit. Trotzdem nenn' ich die Geschichte ‚Nur geträumt'."

NUR GETRÄUMT

„IHR wisst, dass ich in der Werbung bin", begann Gagné, „und das heißt Stress. Dagegen muss man was tun. Kreativ und spontan. Letzten Winter entschloss ich mich dann. Direkt nach der Mittagspause fuhr ich in die Stadt, in der ich mal studiert hatte. Die Vorlesung hatte mich gelangweilt. Ich verstand nicht mehr, dass ich mal in diesen Klappsitzen gesessen und die ganze Scheiße mitgeschrieben hatte."

„Hundertprozentig!" pflichtete Werner bei.

„Ich kaufte auf dem Markt ein Netz preiswerter Marocapfelsinen, um wenigstens etwas mitgebracht zu haben. Dann ging ich langsam zurück zur Tiefgarage. Dazu musste ich durch die Wandelhalle, wo gerade der studentische Wahlkampf anfing. Mittendrin spürte ich, wie jemand meinen Blick auf sich zwang. Eine Männerstimme sagte: ‚Gib' nen Fuffziger her, Kumpel!'"

„Noch 'n Piccolo!" verlangte Philipp und trank sein Glas schlürfend leer.

„Aha", nickte Helmut nachdenklich, „so trinkt also ein Kassenwart Sekt."

„Es war ein vierzigjähriger Mann mit einer gestuften Frisur im Affenlook", berichtete Gagné weiter, „wie sie vor zwanzig Jahren Mode gewesen war. In den Seitentaschen seiner Bundeswehrjacke steckten Toilettensachen, und an den nackten Füßen trug er gelbe Griechensandalen. Daran erkannte ich ihn. ,Mowgli mit dem Dschungelgang', sagte ich, ,du wirst doch nicht etwa hier betteln?' Der andere brauchte länger, um zu erkennen, bei wem er es versucht hatte: ,Gagné, der Dandy! Auf Hausbesuch? Nichts betteln, nur 'n bisschen was rausholen aus den Zitzen der Alma mater! Zwei Mark oder so!' – ,Bisschen quatschen vielleicht', sagte ich, ,nach all der Zeit. Am besten hier in der Halle'. Aber die war ganz vom Wahlkampf in Beschlag genommen. Auf den ausgesessenen Ledersofas, auf denen wir früher auf die Vorlesungen gewartet hatten, stapelten sich die Stimmzettel für's Studentenparlament. Damals hatten wir hier den Woodstock-Film gesehen. Danach waren wir in einem Baggersee geschwommen. ,Und plötzlich hat's dich zurückgetrieben?' fragte Mowgli und zog mich an zweien vorbei, die sich über die geringe Wahlbeteiligung stritten. ,Ja! Mal sehen, was ihr hier treibt.' – ,Was sollen wir denn schon treiben? Hier fühl' ich mich zu Hause. Was gibt's denn sonst noch? Den U-Bahnkeller, das Asyl und die Anatomie!' – ,Also, auf in den Erfrischungsraum!' schlug ich ihm vor. Auf Tapetentischen und provisorischen Brettergestellen lagen Flugblätter, auf denen Einstein, grob gerastert, mit herausgestreckter, rot gefärbter Zunge rief: Wählt die Liste undogmatischer Studenten! Wählt L.U.S.T.!"

„Nomen est omen!" dozierte Wilhelm.

„Der Erfrischungsraum war eine Hälfte der Arkadenhalle", so Gagné weiter, „die mit scheibendurchbrochenen Holzwänden geteilt und mit Neonröhren beleuchtet war. Wir fanden Platz, wenn auch erst am letzten Tisch im Saal, der sich wie eine Ananasscheibe um eine der Steinsäulen des Gewölbes wand. Erst dachte ich, wir seien allein. Aber als Mowgli mit zwei Kaffeetassen vom Büffet zurückkam, sah ich zwei Männer, die mir von der anderen Seite der Säule her grinsend zuprosteten. War der Blasse, der jetzt zitternd mit der Kaffeetasse grüßte, mit dem nach vorn gestrichenen Haarlappen nicht Visecke, mein alter Kommilitone? Ja, er war es, in seinem altmodischen, hochgeknöpften Paletot. Immer noch hielt er die Tapirnase in den Mantelkragen gedrückt, als würde er daran schnüffeln."

„Wenn ich heut' alte Kumpels treff', ha'm wir 'n Riesengaudi", schwärmte Philipp.

„War das reiner Zufall", wunderte sich Werner, „du hast grad' an dem Tag alte Kumpels getroffen?"

„Ja", sagte Gagné.

„So sind die Werbemenschen", sagte unsere Nummer Eins, „tragen immer 'n bisschen dicker auf."

„Es saß noch ein Vierter dabei", erinnerte sich Gagné, „bequem in seinen Stuhl gelehnt. Seine gegerbte, runzlige Haut spannte über den Wangenknochen und warf trotzdem Falten. Er strich mit den Fingern über seinen verschmierten Dufflecoat, dann über die gelb gefärbten, durchfetteten Haare. Ein eitler Penner, dachte ich. Als würden die anderen nicht merken, was mit dem los war. Der Brechtvers von denen im Dunkeln und denen im Licht fiel mir ein, aber ich bekam ihn nicht mehr zusammen. Da raunte mir der Vierte die Zeilen zu. Er spürte, dass sie ankamen und lachte aus seinem verkniffenen Mund wie über einen Witz, den man schon kennt. Visecke mit den langen, klingenförmigen Bartkoteletten stimmte meckernd ein. Dabei strichen sie über ihre Mäntel, die an den Kanten messerdünn abgewetzt waren und überall mit weißen Flusen bedeckt. Neben ihnen lagen speckige Hüte, darunter in Plastiktüten zusammengerollte Decken und die leere Konservendose zum Kochen. ‚Prima Lodenmantel', bemerkte Visecke nicht ohne Neid, indem er an mir herabblickte. ‚Ihr schlaft bei der Kälte da draußen, bei achtzehn Grad unter null?' fragte ich. ‚Altbauten, Neubauten, U-Bahnschächte, Remisen!' gab der Vierte zur Antwort. – ‚Remisen?' – ‚Vorne offen, an den Seiten zu! Schlaf- und Wohnzimmer in einem. Das Fließwasser die Wand runter, wenn's nicht grad' friert.'"

„Letzten Winter", sagte Wilhelm, „da hättest du keinen Hund vor die Tür gejagt."

„‚Wir hab'n ja nicht nur die Schlafsäcke', sagte Visecke, ‚wir hab'n auch noch die warmen Decken, und wenn wir da reinkriechen, dann zieh'n wir alles aus!

Hosen aus, Jacken aus, Schuhe aus! Wie sich das gehört!'"

„Ich", schüttelte sich Philipp.

„‚Wegen der Sauberkeit brauchst du dir wirklich keine Sorgen zu machen', bestätigte auch der Vierte, ‚wir ziehen alles aus! Hosen aus, Jacken aus, Schuhe aus! Wie sich das gehört!' – ‚War grad' auf dem Absprung', sagte ich, ‚nur mal kurz reingeschaut nach all den Jahren.'"

„Hätte ich auch gesagt", murmelte Werner.

„‚Der Pinscher will uns nicht mehr", fing der Vierte jetzt an, ‚hat immer mitgelabert. Aber Schwanz eingezogen, wenn's drauf ankam. Kannst ruhig ein bisserl was Taschengeld geben!' Die ersten Kaffeetrinker von den Nebentischen drehten sich um, Studenten mit spitzen Schuhen, wie sie zu meiner Zeit Mode gewesen waren, mit Kurzhaarschnitt oder einem aus Gel gebackenen Brikett auf dem Kopf. Die Mädchen trugen einen Gretchenzopf und wattierte Schultern wie in den Dreißigern. Ihre Bücher hatten sie in Rucksäcken verstaut, die mit Pelz geschmückt waren wie Felleisen. Einige rauchten Zigaretten, wie Vertreter."

„Die Kids wissen, wo's langgeht!" meinte Philipp.

„‚Ich war auch mal Vertreter', sagte der Visecke, ‚und wenn ich euch verrate, was bei denen … Umsonst ist man ja nicht gestrauchelt. Vertreter lebten vom Anbaggern. Glaubten, sie seien was Besseres. Ich hätte in der Firma bleiben sollen, dachte ich.' – ‚Was hättest du denn da gemacht?' fragte der Vierte. ‚Im Meeting rumgehockt. Die Leute verarscht.' – ‚Noch einmal, und lass dir die Luft aus deinem fettigen Dufflecoat! Zieh' dir den gefärbten Skalp vom Kopf!' – ‚Wer hat sich denn schnell noch die Haare färben lassen?' fragte es vom Stuhl. Die dicke Abräumerin in der gestärkten weißen Schürze riss mich von der Säule weg. Ich hatte an dem Tag nichts genommen, sonst wär' ich ruhiger gewesen. Neben uns waren sie aufgestanden. Die Versammlung ihrer Füße. Markenturnschuhe neben Knöpfstiefeletten. Pflastertreter neben Pums. Schnabelstiefel neben Lederpfoten. Ich suchte ihre Augen, erkannte darin aber nur Gleichgültigkeit. ‚Er trank friedlich seinen Kaffee', sagte die Abräumerin. ‚Plötzlich ging er auf die Säule los.' Mit flinken Fingern hatte sie gewischt und geräumt, bevor sie fortfuhr, sich wichtig zu machen. Doch ich hörte sie nicht mehr. Ich presste mein Gesicht von draußen an die Butzenscheiben. Aber am Säulentisch saß nur ein Jurist im Paletot und las im Gesetz. Neben ihm blätterte ein Physiker in seinen Vorlesungsmitschriften und funkelte mit seiner Nickelbrille."

„Ich brauch' auch 'ne neue Brille", stöhnte Erlgart.

„Ich war neulich mit meiner Tochter in Göttingen", sagte Werner, „ein Zimmer suchen. Das waren die gleichen Leute, die gleiche Stimmung. Lauter ins Hohlkreuz gefallene Bürgersöhnchen! Gut beschnitten! Die Trotzkibrillen sind ja grad' Mode!"

Werner staunte: „Allein, was da klamottenmäßig ‚rumläuft."

„Studentische Wahlen!" höhnte Gagné. „Dass ich nicht lache!"

„Was ist denn jetzt mit unseren Wahlen?" rief Helmut.

„Darf ich euch sagen, dass es einen Universalkandidaten gibt", verkündete Gagné, „und der heißt Wilhelm."

Wilhelm wiegelte ab: „Ich möchte das nächste Mal noch nicht, Mannschaft und Vorstand auf einmal ist zu viel für mich."

„Ich hab' mich so oft trennen müssen", sagte Edgar, unser Autohändler, „und jedes Mal war's ein Schnitt in die Seele. Aber am schlimmsten war es, als ich mal eine wiedertraf. Ich erzähle es. Meine Geschichte heißt: ‚Rote Rose, schwarze Spinne'."

„Du sollst von einer Trennung erzählen", wehrte Abteilungsleiter Opaniak ab.

„Ich erzähl', wie ich sie wiedertraf oder gar nichts", beharrte der Autohändler.

Philipp schlug versöhnlich vor: „Vielleicht war das ja erst die richtige Trennung."

„Was ist denn eine richtige Trennung?" warf Opaniak ein. „Im Grunde trennt man sich doch nie!"

„Ja", stimmte der Edgar zu, „das war erst die richtige Trennung."

ROTE ROSE, SCHWARZE SPINNE

„IMMER öfter trieb mich Panik durch die Stadt. Ich blätterte hektisch die Anzeigenblätter durch. ‚Zwei Dominas, Mutter und Tochter, bedienen Sie nach Ihren geheimsten Wünschen', hatte die Anzeige gelautet. Am Telefon hatte sich eine Frau gemeldet, mit der ich einen Termin für den Nachmittag vereinbarte. Das Hochhaus war leicht zu finden. Ich parkte den Wagen so, dass ihn nicht jeder sehen konnte und fand den Namen auf dem Klingelbrett des Betonsilos. Die Tür summte. Im ersten Stock zeigte eine angelehnte Wohnungstür, wo es hineinging. Ein Flur in Louis-Seize-Tapete, auf dem Teppichboden zwei verknäuelte Gummianzüge. Aus einem Spielzeugtransformator ringelten sich ein paar blaue Stromkabel."

Die ganze Runde hörte gespannt der Geschichte des Autohändlers zu.

„An den Wänden des Ein-Zimmer-Appartements hingen die Utensilien des Metiers, ein Pentagramm, ein Büschel Dachshaare und zwei Schneckenhäuser. Durch einen Vorhang aus Draht und Rasierklingen erschien die Domina. Sie hatte sich ohne Unterkleidung in ein Lederkorsett gequetscht, das auf dem Rücken kreuzweise verhaspelt war und ihre Brüste wie zwei weiche Kürbisse nach oben schob. Ihr Sitzfleisch war dadurch birnenförmig eingeschnürt, so dass die obere Hälfte kleiner, die untere größer wirkte. Sie musterte mich mit einem Blick, den sie für streng hielt und begann von den Gefühlen der Befreiung zu reden, die ihre Künste verschafften."

„Brrr!" machte Opaniak.

„Sie beendet ihre Rede, indem sie sagte: ‚Den Rest macht Tochter!' Die kam durch den Klingenvorhang gerauscht, nachdem sie kurz mit der Mutter getuschelt hatte. Eine stangenschmale Amazone zwischen dreißig und vierzig in einem Badeanzug aus schwarzem Leder mit Lackstiefeln, an die Stahlnoppen genietet waren. Als sie mir die rechte Schulter zuwandte, erkannte ich sie am Tattoo. Vor zwanzig Jahren hatten wir uns jeder eins in Holland einbrennen lassen."

„War das Zufall?" fragte Werner, der Mathematiker.

„Sie hatte dich dahin gebracht. Und jetzt stand sie dir gegenüber?"

„Wir sind zwölf, mit Herbert sogar dreizehn, und heute ist der Zwölfte", warf Wilhelm ein. „Ist ja auch kein Zufall."

„Es war Zufall!" Edgar blieb dabei. „Aber sie war überhaupt nicht erstaunt und fragte: ‚Was macht die Firma?' Als wären zwanzig Jahre gestern. ‚Pleite', sagte ich, ‚vor zwanzig Jahren!'"

„Du meinst deine alte Firma", vermutete Gagné.

„Ja", bestätigte der Autohändler. „‚Weißt du noch, die Reklamefähnchen, wie die geknattert haben!' sagte sie. Hinter dem Klingenvorhang raschelte die Mutter.

Sie hatte mich nicht erkannt. Vor zwanzig Jahren hatte sie leiser geraschelt, wenn der Chef im Wohnzimmer saß. Unter der bestickten Hängelampe hatte sie die Weingläser auf den Untersetzern zurechtgerückt. Verschwand sie für eine Weile, da sie zu telefonieren habe, hatte die Tochter mir die Fotoalben gezeigt: Als Zauberin, als Lehrmädchen oder als Majorette eines Trommler- und Pfeifenkorps, die es damals in den Vorstädten noch gab. Zwischen den Bildern hatte je eine Scheidung der Mutter gelegen."

„Und von jedem Mann 'ne Rente!" sagte Gagné.

„Blieb Zeit, tanzte sie mir vor, was sie im Korps gelernt hatte. Sie fasste mich um die Hüfte und versuchte mich in die halb militärische, halb graziöse Schrittfolge einzuweihen. Dabei fiel mir eine teils neckische, teils schmachtende Hüftbewegung auf, wie ich sie nur bei dicken Frauen gesehen hatte. ‚Und was macht ihr am Wochenende?' unterbrach ich meine Gedanken. ‚Arbeiten, das hier! Oder die Tante kommt, und dann koch ich was! Dreimal täglich ‚runter mit dem Hund! Gestern habe ich mir einen neuen Overall geholt!' Sie sagte Offerroll. ‚Die Tante kam früher oft zu Besuch. Hinterher gingen wir meistens am Fluss spazieren. Manchmal fanden wir dort Lindenblätter, von denen Wasser und Wind nur noch ein Netz fasriger Adern übriggelassen hatten. Die betrachtete sie lange und gab sie mir zum Fotografieren.' Die Mutter blickte durch den Klingenvorhang, äugte misstrauisch in alle vier Ecken und fragte: ‚Soweit alles klar?‘ Unsere erste Verabredung. Chef und Gehilfin. Grande Dame für einen Abend. In roten Stöckelpumps. Im Ohr die Ermahnungen der Mutter, ‚du weißt doch, was der von dir will.‘ Vierzig Kilometer waren es ins nächste Provinznest. Nur um niemandem aus dem Ort zu begegnen. Ich war als Autohändler hier noch jemand."

Gagné meinte geringschätzig: „Wenn ich die Skrupel wegen einem Ladenmädchen hätte."

„Du bist vierzig Kilometer rausgefahren?" fragte Wilhelm. „Kükenfleisch heißt das bei uns in der Firma."

„Ja", sagte der Autohändler. „Als sie mir dann im Halbdunkel der balkengeschmückten Pizzeria Franconis hinter ihrem angenippten Chianti gegenübersaß, glaubte ich, die Art, wie sie lächelte und ihr Glas an den rot gepinselten Mund hob, sei ein Signal für mich, ihr ganz nahezukommen. Dieses Gefühl verlor sich aber sofort wieder, denn sie lächelte starr und sagte eine Zeitlang gar nichts mehr. Ich hatte ihr Schweigen falsch aufgefasst und gedacht: Aha, die große Dame spielen! Dann aber sah ich, dass sie auf ein Stilleben in einer dunklen Ecke des Lokals starrte. So lange, bis ich aufstand und nachsah, was drauf war. Das Bild zeigte eine Schale mit Früchten, über der ein Rebhuhn und ein Kaninchen mit dem Kopf nach unten hingen. Ich sagte es ihr, und sie schwieg, bis die Salatplatten kamen."

„Sie hat Trotzköpfchen gespielt", kommentierte Erlgart wissend. „Was sie wohl gedacht hat?"

„Sie dachte, ich würde sie aus dem Schattenreich der bestickten Wohnzimmerlampe in die Welt der Tearooms, Hotelbars und Kreditkarten entführen. In all das, was sie sich unter Big Business vorstellte. Hochhäuser, Schickeria, Cote d'Azur. Ich glaubte, sie schenkte mir die Vereinigung meines Alters mit den Geheimnissen ihrer Jugend."

„Was wolltest du eigentlich von ihr? Liebe?" hakte Gagné nach.

„Er wollte mehr als Liebe!" behauptete Opaniak.

„Da warst du auch noch jünger", sagte Gagné.

„Während wir stumm voreinander saßen", sagte der Autohändler, „sie ihren Salat aß und ich mein Steak, bekam sie einen dachsartigen Ausdruck im Gesicht, mit großen Pupillen und geröteten Wangen. Wenig später sah ich's im Toilettenspiegel bei mir selbst. Da fragte ich mich, wer's als erster hatte. Vor der Rückfahrt saßen wir noch eine Weile im Auto. Ihr Gesicht war jetzt viel weicher und ihre Unterlippe schwer und blutgefüllt. Sie rieb ihren Handrücken an meiner Wange und fragte mich, wann ich mich denn das letzte Mal rasiert habe. Ich sagte: ,Heute morgen!' Da wandte sie den Kopf zur Seite und murmelte etwas, das wie Sol und Hagit klang. Ihr Haar roch wie parfümierte Vogelfedern. Ich merkte, dass sie mir mit den Fingerspitzen etwas auf den Rücken schreiben oder schmieren wollte. Als sie merkte, dass ich es merkte, hörte sie damit auf."

„Abrakadabra!" kam von unserer Nummer Eins, „dreimal schwarzer Kater!"

„Ohne dass wir es merkten, sind wir im Auto eingeschlafen", fuhr der Autohändler fort. „Ich träumte von ein paar schmalen, rehigen Frauenschenkeln, die immer kleiner wurden, als sehe man sie von einem Schiff, das vom Hafen ablegt. Sie waren so weiß wie Nippesporzellan und die haarumkränzte Stelle dazwischen eine große Verlockung. Die Stimme ihrer Mutter war zu hören: ,Große Töne spucken, aber nichts halten! Ich hätte es dir gleich sagen können! Wo es von dir ganz ehrlich war und für ihn ganz kostenlos.'"

„So warst du mein", sprach Opaniak, „wie Träume, die entschweben. Ein Fürst war ich im Schlaf, ein nichts im Leben!" Er hatte mehr Piccolos getrunken als die andern, weil er schon seit elf Uhr vormittags hier war.

„Wenigstens hat sie dich nicht in ein Schwein verwandelt", sagte Karl.

„Die Macht der Liebe", sang Gagné, „ließ mich dich finden, um mein Geschick mit deinem zu verbinden!"

„Meine Geschichte heißt ,Bank der Gefühle'", sagte Philipp.

„Wo man sie holt oder man sie hinbringt?" wollte Gagné wissen.

„Kannst du dir aussuchen", meinte Philipp. „Früher bin ich ja oft durch die Kneipen gezogen. Da ist das ein oder andere hängengeblieben."

Ihm hatte man das wenigstens zugetraut. Plötzlich sahen wir ihn alle mit anderen Augen. Waren seine Krawattenknoten nicht größer und besser gebunden als unsere? Besaß er nicht ein stilles Selbstbewusstsein, das keiner Bestätigung bedurfte? Verstand er nicht besser als wir, seine Worte mit natürlichen, eleganten Handbewegungen zu untermalen?

„Also, wo man sie holt oder wo man sie hinbringt?" wiederholte Gagné.

„Warte eine Viertelstunde", beschied Philipp ihn, „dann weißt du es."

„Ehe er sich schlagen lässt!" sagte Edgar erleichtert, seine Geschichte hinter sich zu haben.

BANK DER GEFÜHLE

„ALLE hatten sich für das Nachtleben hergerichtet, das nach der Vorstellung anfangen würde", begann Philipp. „Die wattierten Schultern, die spitzen Schuhe, das Frisiergel im Haar rochen nach Disco und Frauenraub."

„Und?" fragte Wilhelm.

„Die Spätvorstellung im ‚Regia' hat um zehn Uhr abends begonnen. Im Kurzfilm hat Pablo Neruda davor gewarnt, die brutaloökonomischen Maximen in die Gefühlswelt mitzunehmen. Die Besucher haben geklatscht und sich vor dem Hauptfilm noch ein wenig unterhalten. Dabei haben sich zwei kennengelernt. Jetzt sind sie sich nicht mehr sicher, ob sie bis zum Ende bleiben sollen."

„Die kleinen Filmkunsttheater in den Unistädten", sinnierte Wilhelm, „sind doch die reinsten Kontakthöfe."

„Man kann auch mal zuhause bleiben", sagte Gagné, „ein bisserl Musik, Fernsehen! Was grad angesagt ist! Man hat doch eine feste Bude."

„Da sich Belmondo an einer Leine in die Mafiavilla hinablässt, kommt man so schnell auch nicht fort. Man diskutiert aber so laut, dass einige Besucher rufen, man möge doch in die Disco verschwinden. Die zwei, die sich gerade kennengelernt haben, beschließen daraufhin doch, woanders hinzugehen. Sie sagt, sie heiße Rosamund. Er stellt sich nicht vor. Während sie sich durch die Klappsitze zwängen, so dass alle nochmal aufstehen müssen, sagt jemand von den hinteren Rängen: ‚Die spielen jetzt bestimmt Appartmentbesichtigung!'"

„Du fandest sie selbst gut!" sagte Gagné, „deswegen bist du hinter ihnen her."

„Ja", gab Philipp zu. „Aber es ging noch zum Anstandstrunk in den ‚Clochard'. In Chrom und Weiß, zwischen die Blattpflanzen, die Tischfässer und die alten

Bauerngeräte an der Wand. Laute Gespräche, kalter Rauch, dröhnende Musik. Man steht herum, sucht Anschluss und ist doch allein. ‚Was magst du trinken?‘ fragt die Bedienung, die noch schöner ist als Rosamund."

„Im ‚Kanapee‘ ist auch ‚ne neue Bedienung", sagte Wilhelm, „Französin oder Schweizerin. Von der hätt' ich gern 'ne Spendenquittung."

„Da musst du aber vorher was spenden!" lästerte Erlgart.

„Wenn er kann", sagte Gagné.

„Der Entführer bestellt Pommery für sich und Rosamund. ‚Es gibt solchen und solchen Pommery!‘ sagt die Bedienung."

„Schön, jung und geistreich", unterbrach Helmut. „Gib' mir noch 'n Bier", wandte er sich an die Bedienung.

„Bit oder Löwen?"

„Löwen."

„Mir auch", rief Philipp hinterher. „Rosamund ist schön. Nicht mal das grelle Make up kann ihr Gesicht entstellen. Aber woher kennt man ihren Entführer? Der hochgezwirbelte Schnauz, das antrainierte, breite Lachen? Er spricht fast wie ein populärer Fernsehkommissar. Jetzt benutzt er sogar seine Redewendung, als er sie in die Disco einlädt? Durch ein Guckfenster taxiert sie der Türhüter. Er schlägt sie den Sekttrinkern zu und lässt sie ein. Auf Fernsehschirmen spiegelt sich der Rhythmus der Soulmusik in großen grünen Sinuskurven. Eine Lampe flackert wie ein Blaulicht knapp über der Tanzfläche. Darum herum zucken die Paare auf dem kleinen Quadrat. Die Lautsprecherbässe spürt man im ganzen Leib. Rosamund mault, weil sie den Umweg nicht wollte. Jetzt soll sie auch noch hinaus in die Basswellen des ‚Nuclear Blues‘.“

Staunend erinnerte sich Werner: „Blood, Sweat, and Tears, hab ich als Student viel gehört.“

„Ich fühlte mich fremd und einsam in dieser lauten Sauna, in der die Gestylten, Frisierten und Bodygebuildeten wortlos umeinanderbalzten. Der Soul- und Discorhythmus zwang mir einen körperfremden Herzschlag auf. Auch Rosamund, deretwegen ich hier hineingeraten war, zappelt bereits mit einem muskulösen Jungen auf der Tanzfläche. Der Kommissar vom Rhythmus angesteckt, wiegt sein Bierglas. Rosamund hat ihren Tanzpartner in ein Gespräch verwickelt. Der schreit gegen die Lautsprecher. Im ‚Jäger‘ sei bestimmt noch was frei!“

„Bist du noch dorthin?“ meinte Gagné ungläubig.

„Ist doch das einzige Lokal, wo man so spät noch was zu essen bekommt. Es sind nur noch ein paar Ausgemergelte mit Wollmützen da, drei oder vier Studenten, die sich am Flipper langweilen. Rosamund und ihr Begleiter setzen sich an ein Bistrotischchen und bestellen Sekt und Rindfleisch mit grüner Soße. Es riecht süßlich und verbrannt."

„Ich hab' den Geruch noch in der Nase", stimmte Gagné zu. „Nach dem letzten Meeting bin ich an der Alten Oper noch mal runter in den Park. Da saßen sie auf den Bänken und schwatzten wie die Papageien. Plötzlich wurde es ruhig. Wie in Feindesland. Einer in roten, abgewetzten Cordjeans und Wollmütze drängte sich im Gehen an mich heran, als wollte er was verkaufen und auch wieder nicht. So ganz dünne Beinchen und um den Hals einen Lederriemen. Von der anderen Seite kam eine Frau, die war noch dünner und trug ein sehr feines Kleid mit Blumenmuster. Sie hatte die Finger nach außen gebogen und strich sich damit die Schenkel rauf und runter. Ich hab' mir nichts anmerken lassen und bin schnell wieder zurück."

„Da zieht sich was in einem zusammen!" schauderte Wilhelm. „Du bist ein Voyeur!"

„Und du bist ein Arschloch!" gab Philipp hart zurück. „Im ‚Jäger' stehen zwei am Flipper, einer mit, einer ohne Bart. Sie sind sich nicht sicher, ob sie über das Paar sprechen sollen. Gerade haben sie sich dazu entschlossen, da treten neue Gäste ein, zwei Frauen, nicht mehr ganz jung, und geben dem Muskelmann etwas Zusammengerolltes. ‚Ob er die auch dazu bringt?' fragt der Bartlose den Bärtigen. ‚Zu stolz, zu frei', verneinte der."

„Proud and free upon a horse", sagte Werner, „Dire Straits!"

„‚Jetzt steht sie noch hoch im Kurs‘, sagt der Bärtige", berichtete Philipp weiter, „‚sucht sich die Kredite aus und ist ihre eigene Bank!‘"

„Fragt sich nur, wie lange!" sagte Opaniak.

„Früher oder später findet sie einen Dummen!" meinte Wilhelm.

„‚Wärst du heute Abend mal mit ins ‚Regia‘ gekommen‘, sagte der Bartlose. ‚Der Neruda hat davor gewarnt, die brutaloökonomischen Maximen in die Gefühlswelt mitzunehmen.‘"

„Die Typen kann ich leiden", kam hart von Erlgart. „Nichts auf dem Konto. Aber immer 'n bisserl über den Dingen schweben. Denken, sie müssten all das angreifen, wo's Geld herkommt."

Gagné mit einer wegwerfenden Bewegung: „Avantgarde!"

„Ich will essen und trinken. Ich brauch keine dicken Konten!" gab sich Opaniak bescheiden.

„Könnt' in jeder kleineren Unistadt passiert sein", wusste Werner. „Da gibt's die Filmkunsttheater und das Volk, das sich abends drin rumdrückt. Schwarze Klotten. Spitze schwarze Schuhe."

„Ich hab zuhaus' noch 'n paar alte Schuhe", lachte der Platzwart. „Die sind vorne ganz spitz!"

„Die musst du's nächste Mal anziehen", verlangte Philipp.

„Das nächste Mal bin ich nicht da!" sagte der Platzwart.

„Warum nicht?" fragte Philipp.

„Hochzeitstag!" verkündete der Platzwart. „Was war
'n das für ein Neruda-Film?"

„Weiß nicht mehr", sagte Philipp, „aber den Titel vom
Hauptfilm weiß ich noch. ‚Ein Bulle spielt verrückt',
‚Zwei Bullen in der Bank' oder so ähnlich."

„Wolltest du nicht mal eine Bank ausrauben, Wilhelm?" fragte Opaniak.

„Erzähl!" platzte Gagné heraus.

„Da muss ich etwas weiter zurückgehen", sagte Wilhelm.

„Bis vor die Geburt?" fragte Gagné.

„Nicht ganz so weit!", meinte Wilhelm unbeirrt.

„Wie heißt die Geschichte?" bohrte Gagné.

„Zwillinge", sagte Wilhelm. „Ich nenne sie ‚Zwillinge'."

ZWILLINGE

„SOWEIT ich auch zurückgehe", fing Wilhelm an,
„kann ich mich nicht dran erinnern, dass ich mal
allein war. Dunkle Erinnerung an zwei, drei Besuche in einem Krankenhaus, und schon watschelten
ich und meine Cousine Ester durch die Gemüsebeete

zwischen dem Hof und der Sägemühle, die unsern Vätern gehörte. Man denkt immer, eine Person und eine Person machen zwei Personen. Aber wenn man das Zählen nicht an Äpfeln und Birnen, sondern an Flüssen gelernt hat, gibt ein Fluss und ein Fluss immer einen Fluss."

„Dann wäre alles eins", dozierte Gagné.

Werner stimmte zu: „Damit könnte man auch rechnen."

„Eines Tages während eines Spazierganges", fuhr Wilhelm fort, „blieb meine Cousine mitten auf der Brücke stehen, ließ die Hand ihrer Mutter los, riss mir die Zipfelmütze vom Kopf und sagte: ‚Wirf' sie in den Fluss!' Ich griff danach und im nächsten Augenblick segelte die Mütze in einer großen Spirale ins Wasser. Kindheit und Jugend gingen zu Ende. Aber ich wollte sie mir erhalten, indem ich mir Frauen suchte, die Ester ähnlich sahen. Das ging natürlich schief! Wenn ich nämlich merkte, dass die andere nicht Ester war, sondern eine fremde Frau, für die ich auch nur ein Fremder war. Es gab ein kurzes, unbehagliches Gefühl und - den Wechsel. Verkäuferinnen, Balletteusen, Friseusen. Später sogar die aus den Stehcafés."

„Greift zu!", ermunterte der Wirt und zeigte auf die Schnittchen. „Sind immer noch welche da!"

Wilhelm kauend: „Und morgen gehen wir an der Waage vorbei und strafen sie mit Verachtung."

„Ist ja nicht wie bei armen Leuten", meinte unser Wirt.

„Für ganz arme Leute ist das auch nicht gedacht", sagte der Platzwart.

„Nach drei Jahres gab ich mein Studium auf und trat in die Verwaltung ein. Nach Dienstschluss saß ich meistens irgendwo herum und versuchte, was Neues kennenzulernen. In einem Café sah ich eines Tages eine Frau, die mich an Ester erinnerte. Die blondierte Frisur dunkelte im Haaransatz nach. Ich musste die ganze Zeit auf ihren Hinterkopf schielen. Diese schrägen, durchgehenden Scheitel hatten die Punk-mädchen vor dem Stadtbrunnen. Hinten waren die Haare auseinandergespreizt wie zwei Schenkel und bildeten ein Dreieck mit den ungefärbten Haaren dar-über. Sie fummelte daran herum und es sah aus, als würden sie sich öffnen. Da gab ich mir einen Ruck und ließ ihr vom Kellner einen Zettel rüberbringen. Sie drehte sich um und sagte, ich solle mich vorstel-len. Normalerweise lasse sie sich nicht ansprechen. Wir unterhielten uns eine Zeitlang. Dann zahlte jeder seinen Kaffee. Bevor wir uns trennten, tauschten wir die Adressen aus."

„Für alle Fälle", nickte Gagné anerkennend.

„Ich dachte, ich hör' nie wieder was von ihr, da finde ich eines Donnertags die abgeschnittene Hälfte einer Gratulationskarte in meinem Briefkasten: ,Ohne auf-dringlich erscheinen zu wollen, frage ich, haben Sie eventuell doch meinen Namen oder Telefonnummer vergessen? Da Sie mir sympathisch waren, als Sie mich ansprachen, wähle ich diesen etwas ungewöhnlichen Weg.'"

„Was ist denn daran ungewöhnlich?" fragte Gagné.

„‚Wenn Sie nichts von sich hören lassen, so möchte ich mich doch für die mit Ihnen getrunkene Tasse Tee bedanken.' Telefonnummer und so weiter."

Gagné wollte es sofort wissen: „Hast du oder hast du nicht?"

„Ich hab", gab Wilhelm kurz zurück. „Wir verabredeten uns bei mir, und nach ein wenig intellektuellem Geschwätz ließen wir uns miteinander ein. So lange, bis die richtige, wohlige Körpermüdigkeit kam. Sie hieß übrigens Justine."

„Sprich Dschüstinn", lachte Gagné. „Und dann?"

„Nimm noch eins", sagte unser Wirt.

Gagné nahm: „Wenn du's nicht wärst, wär' ich jetzt eisern geblieben. Ich bin ja so voll."

„Geht doch alles auf die Runde!" sagte der Wirt.

„Sie hatte Versicherungskauffrau gelernt", nahm Wilhelm den Faden wieder auf, „hatte Kreditkarten vertreten und eine Unternehmensberatung geleitet. Nach einem Jahr war das Gesparte weg, und sie hatte sich ans Nichtstun gewöhnt. Wir konnten uns kein Kino mehr leisten, von den großen Abendessen gar nicht zu reden!"

„Ich esse auch gern", sagte der Platzwart.

„Das ist Veranlagung", wusste unser Wirt.

„Wer dazu veranlagt ist."

„Sie bewarb sich um verschiedene Jobs, aber nur halbherzig. Deshalb klappte es nicht."

„Sie wollte, dass du die Kohlen ʼranschaffst!" behauptete Gagné.

„Immer wieder sprach sie von Banküberfällen. Hatte ich ihr das fürʼs erste ausgeredet, watschelte sie halbnackt, den hellblauen Bademantel offen, durchs Zimmer, den Hintern werfend. Von meinem Geld angefressen. Der kleine, nackte, anspruchsvolle Leib. Nachts lag sie neben mir, die Decke bis über den Mund gezogen. Nur die lange Nase ihrer Mutter war zu sehen. Wie lange würde ich das aushalten? Jeder Scheinsieg wurde zum Niveaschatten auf ihren Augenlidern, wenn sie sich abschminkte. Einmal warf sie ein volles Weinglas nach mir, dass die Tinte auf meinem Tagebuch zerlief. Nachts im Traum küsste mich mein Hausarzt auf die Wange und maß meine Größe. Ich bin kleiner, als ich dachte, nicht größer als einssechzig. Du musst dich beherrschen, beherrschen! Wie gefasst hatte sie damals meinen verlegenen Zettel beantwortet! Wie fröhlich war sie jedes Mal in ihrem glockigen, hellen Röckchen, das türkise Etwas darüber, auf mich zugelaufen. Und jetzt? Der Bullenausdruck auf ihrem Gesicht: ,Wenn du mich wirklich liebst ...ʻ Sich durchsetzen! Auf meine Kosten. Es war eine Ermüdungsschlacht.

Nur um Ruhe zu haben, stimmte ich zu. Es war ein zwölfter Oktober, wie heute. Kurz vor zwölf stellte ich mich an einer Kasse an. An der freien Querwand lag ein Ölbild. In den Glaskästen waren Münzen ausgestellt. Ein Fernsehschirm zeigte die Aktienkurse. Die Automaten warfen die Kontoauszüge aus. Zwischen den Neonleuchten an der Decke baumelten die ersten grünen Tannengirlanden aus Plastik. Vor mir ließ einer sein Sparbuch aufbuchen. Da hab' ich mich umgedreht und bin rausgegangen. Ich hatte schon mal gesehen, wie sie nach sowas eine Bank belagert hatten. Alles ganz ruhig. Ringsherum mit Flatterband die Leute weggesperrt. Davor lagen sie in den Büschen, Wollmützen vorm Gesicht. Die Gewehrläufe drohten aus Busch und Bäumen."

„Mit sechzehn macht man ja alles Mögliche", sagte Philipp, „aber mein Vater fand den Plan in einer Schublade."

„Ich hab' meinen Vater mal ein paar geklebt", verkündete der Autohändler.

„Ich auch", sagte Wilhelm, „aus Wut oder aus Scham. Ich bin dann langsam zurück über die Straße zum Wagen, wo sie auf mich wartete. Ich sagte ihr, dass ich nichts hatte. Da fuhr sie an den Straßenrand, blieb im Halteverbot stehen und schlug nach mir. Sie hatte schon immer eine widerliche Art gehabt. Schreien oder schweigen. Tagelang! Bis du die Beherrschung verlierst. Ich packte sie am Hals. Diesmal probierte sie es mit Schreien."

Gagné: „Da war Eintritt angesagt!"

„Ich drückte sie mit meinen linken Fuß gegen die Beifahrertür. Nun saß sie fest, das Bein eingeklemmt. Ich wollte aus dem Auto springen, aber zwei Schäferhunde, die im Park herumgeführt wurden, hatten sich losgemacht und sprangen die Scheiben hoch. Ihre Zigarette war heruntergefallen, und die Tüte mit den Waffen fing an zu qualmen. Ein Polizist stürzt herbei, reißt die Autotür auf und sieht die Karnevalswaffen unter der brennenden Tüte. Was bleibt ihm denn übrig?"

„Hast du gesessen deswegen?" fragte Opaniak.

„Ein unbeendeter Versuch", verneinte Wilhelm, „dafür sitzt man nicht!"

„Der Taterfolg war ja auch gar nicht eingetreten", erklärte Brian. „Sonst wär' es ein beendeter gewesen. Das hätte gleich ein paar Jährchen gebracht!"

„Taterfolg", sagte Gagné. „Taataataataaterfolg!"

„Da wär' er auf andere Gedanken gekommen", meinte Philipp nachdenklich.

„Paragraph vierundzwanzig!" sagte Erlgart. „Einfach Glück."

„Wer will die letzten?" fragte unser Wirt. „Diesmal sind Eierscheiben drauf!"

„Man müsste die Quadratur des Eies lösen", sinnierte Werner. „Nachdem's mit dem Kreis nicht geklappt hat. Dann gingen sie auch besser auf's Brot."

„Gibt es schon", behauptete unser Wirt, „kubische Eier."

„Sonderzüchtung?" fragte Opaniak.

„Nee", sagte der Wirt. „Die kochst du und wenn sie gar sind, holst du sie aus der Pelle. Dann sind sie ja noch heiß. Gut! Und dann presst du sie in einer Vorrichtung, wo sie erkalten. Und dann haben sie Würfelform."

„So machen sie's mit allen!" meldete sich Abteilungsleiter Opaniak.

„Das macht einen tollen Eindruck, wenn man die quadratischen Eier in Scheiben schneidet", sagte der Wirt, „und damit Platten dekoriert."

„Du kannst auch würfeln damit", alberte Gagné.

„Haben ja auch abgerundete Ecken", sagte der Wirt, „das ist ein Vorteil, unter Umständen."

„Opaniak", rief Gagné, „du bist dran! Du hast als einziger noch nicht, du und Helmut."

„Ich?" sagte Opaniak. „Da gibt's nicht viel. Betrieb, nach Hause! Betrieb, nach Hause! Die nächste Woche alles von vorn. Alle drei Wochen Besuch von der Tochter aus Berlin. Erzählt von der Uni. Dann schnuppere ich am alten, freien Leben."

„Das war eine Zeit", schwärmte Werner, „da zählten nur die Fakten!"

Gangé nickte: „Unheimlich richtig."

„So, Leute", erhob sich unsere Nummer Eins, „wenn nichts mehr anliegt, darf ich mich jetzt verabschieden!"

„Aber selbstverständlich!" sagte Gagné. „Du warst ja schon viel zu lange hier."

„Darf ich raten?" fragte Erlgart, „großer Liebesabend im Separee!"

„Wir haben Besuch", wiegelte Karl, die Nummer Eins, ab. „Ich will ihn nicht so lange warten lassen!"

„Sitzt der jetzt bei dir zuhaus? Und wenn du heimkommst, ist der Sherry weg?"

„Dann kauf' ich neuen", sagte die Nummer Eins. „Also gut, noch 'ne Viertelstunde."

„Danke, Karl!" tat Gagné höflich.

„Ich hätt' den Doktor machen können" erinnerte sich Opaniak. „Im elften Semester, da hätt' ich die Chance gehabt. Aber dann gab's Konkurrenz wegen der Stipendien. Ich hab mich rausdrängen lassen."

„Hat's bei uns auch gegeben", pflichtete Erlgart bei.

„Gagné hat gestern Helmuts Frau den ganzen Abend schöne Augen gemacht", petzte Philipp. „Meine Frau, mein Bruder und ich, wir können es bestätigen."

„Gemacht, was man mir gesagt hat", fuhr Opaniak fort. „Über Sachen geschrieben, die ich gehasst hab'. Ab und zu die Stimmen: Falsch, falsch, falsch! Aber mich nicht getraut, ihnen nachzugeben."

„Kenn' ich nur zu gut", nickte Werner.

„Am Anfang war's noch in Ordnung", sagte Opaniak. „Endlich was gemacht, was mit dem Leben zu tun hatte. Kann man die Garnierung mitessen?" unterbrach er sich selbst.

„Die sieht so gut aus, die darfst du nicht essen", erklärte Philipp. „Auch wenn die Liebe durch den Magen geht."

„Bei mir kann man alles essen", sagte unser Wirt. „Alles, was auf dem Tisch steht."

„Sogar die Blumen. Distelblüten, Rankengewächse. Kann man alles essen!" spottete Erlgart.

Helmut zeigte auf die Blumenvase auf dem Tisch: „Dann essen wir doch die hier!"

„Die nicht!" protestierte der Wirt. „Um Himmelswillen! Die sind giftig!"

Alle lachten.

„Sind doch im Preis inbegriffen, oder?" sagte Gagné.

„Als ich länger im Betrieb war", fuhr Opaniak fort, „hab' ich mich wieder austricksen lassen. Von den Robusten. Von Anfang an ging's um die Führungsjobs. Aber darüber hab' ich mir damals keine Gedanken gemacht. Weil ich ein Schaf war. Die andern riechen's und spielen's gegen einen aus. Wenn ich euch erzähl', was ich in den Abteilungen gehört hab'. Das glaubt mir keiner."

„Wir glauben dir alles", warf Wilhelm ein.

„Im Meeting geht's auch nicht zu wie im Kloster", sagte Gagné.

„Mein Personalchef", so Opaniak weiter, „ein brüllendes Affenschwein. Wer sich nicht wehrt, dem zeigt er's. Er hat schon Mitarbeiter angezeigt."

„In uns selbst liegt unsere Schuld!" lallte Gagné leicht, dem man langsam seine Piccolos anmerkte.

„So führt man seine Leute", sagte Erlgart.

„In einer Firma gibt's doch immer ein paar Frauen", meinte Edgar. „Soo alt warst du auch noch nicht!"

„Jünger als heute", sagte Gagné.

„Die Liebe kam zu spät", kam bedauernd von Opaniak, „ich hab' zum ersten Mal mit fünfundzwanzig. Als mich's dann packte, ohne dass ich merkte, wie's einen packen kann, bin ich in die Primitivoszene geraten. Ich könnt' euch was erzählen!"

„Bitte!" forderte Gagné.

„Den Schmerz, den ich nicht mal spürte, hab' ich mit Dauerlauf betäubt. Dadurch kam ich zu den Marathonis. Eine Sekte für sich. Genau wie Werner das erzählt hat. Mit eigenen Päpsten, eigener Ernährung!"

Werner nickte zur Bestätigung.

„Volksläufe! Mit tausend anderen den Anstecknadeln und Urkunden der Veranstalter hinterhergehechelt. Wie im Cocarausch. Botenläufer und Lastträger haben die Staude gekaut. Höschen mit Markenaufnähern! Nur um dieses Leben auszuhalten! Wenn ich am Flussufer trainiert hab', bin ich meinen Eltern begegnet. Mein Vater hat mir nachgeschaut und hat den Kopf geschüttelt."

„Ich lauf' auch gern 'n paar Kilometer", stimmte ihm der Platzwart zu. „Dabei kann man viel vom Alltagskram abschütteln."

„Aber keine hundert pro Woche", sagte Opaniak.

„Was du gehabt hast, hast du gehabt", stellte Werner fest.

„Hier ist noch eins mit Kaviar", freute sich Helmut.

Wilhelm erklärte: „Die Fische laichen, und das Zeug ist dann der Kaviar."

„Die Leiche laicht am wenigsten", lästerte Gagné.

„Die einzige, die ich wirklich geliebt hab'", sagte Opaniak, „die hab' ich mir von meiner Schwester ausreden lassen. Ne süße kleine Kellnerin, die mit ihrer Mutter zusammenlebte."

„Vielleicht will sie noch", machte ihm Erlgart Mut.

Opanik schüttelte den Kopf, „verheiratet, seit fünf Jahren."

„Ist ja 'ne dolle Sache", Wilhelm mit gespielter Anerkennung.

„Du hätt'st deinen Doktor machen können", sagte Gagné, „das geht doch immer!"

„Ein Jahr kann man davon reden", kam kleinlaut von Opaniak, „dann wird's lächerlich. Stattdessen immer mehr Kilometer pro Woche gemacht und mir Rat geholt bei Läufer- Gurus. Sie sagten, Marathon sei zu kurz. Da bin ich auf die ganz langen Strecken gegangen. Aber das hat auch nix genutzt. Also wieder zum Guru."

Und wieder ein bestätigendes Nicken von Werner, dem Läuferkollegen.

„Jeder gerät an seinen", meinte Erlgart wissend.

„Du bist du, und ich hab' versagt!" sagte Opaniak.

„Du hast deine Angestellten in der Firma", versuchte der Autohändler ihm Mut zuzusprechen, „das ist doch auch 'ne Bindung."

„Aufsteiger, Popper oder Heavy-Metal-Typen", entgegnete Opaniak wegwerfend. „Hören während der Arbeit Ratty Gallougstone."

„Den Sänger?" fragte Gagné.

„Ja", antwortete Opaniak.

„Die Ferien", gab Gagné zu bedenken. „Fünf Wochen netto pro Jahr! Du kannst ausspannen, und das Gehalt läuft weiter."

„Du kommst zurück", hielt Opaniak dagegen, „und nichts hat sich geändert. Dann geht die Mühle wieder los. Du denkst, in den nächsten Ferien. Aber wenn die kommen, bist du so ausgelaugt, dass die beste Erholung die eigenen vier Wände sind. Drei Wochen, dann denkst du schon wieder an die Firma. Dann zwingst du dich zwei Wochen in die Provence, wo du lauter Leute von deinem Schlag triffst."

„Du spinnst", sagte Werner.

„Vom Appartement zum Strand", so Opaniak müde weiter. „Amphitheater von innen. Historische Stätten. Tagsüber Sonnenbrand und abends die Schickeria auf den Jachten. Ab und zu bekommst du auch eine ab, aber so eine wie du, die eigentlich nach 'nem ganz anderen Typ sucht."

„Mein Gott", sagte Werner, „dir kann's wohl keine recht machen?"

„Du bist doch gerade befördert worden", versuchte es der Platzwart.

„Nach fünfzehn Jahren", klagte Opaniak, „wenn man keinen Wert mehr drauf legt. Funktionsposten. Nur die Frage, ob man ihn noch ausfüllen will. Ich helf bei der Bedarfsplanung mit dem Computer."

„Stimmt es, dass du auch sonntags in die Firma gehst?" fragte Erlgart.

„Ja", gab Opaniak zu. „Wenn das Computerprogramm steht, geh' ich vom Höllenberg unterm Verteilerring durch nach Haus."

„In den Computern sitzen kleine Männchen", lachte Philipp, „die rechnen alles im Kopf!"

„Kleine Liliputaner!" ergänzte Gagné.

„Da sollen Spanner rumhängen, in der Unterführung", sagte Philipp.

„Ich musste nachts mal durch", fügte Gagné zu. „Da saßen sie auf der Bank. Erst dacht' ich, es wären Penner. Dann sah ich, dass es ein Pärchen war. Er unten, sie oben. Ich bin schnell vorbei, als hätt' ich nichts gesehen. Sie haben mir noch was nachgerufen."

„Was denn?" tat Philipp scheinheilig.

„Weiß ich nicht mehr", sagte Gagné. „Ein Typ wie Ratty. Punk, lila Bürstenkamm."

„Ich muss mal zur Toilette", kam leise von Opaniak, „bin gleich zurück."

„So ist die Jugend", wusste Werner.

„Das Alter ist auch nicht besser", sagte Helmut. „Soll ich euch mal erzählen, was mir neulich passiert ist? Als ich mein Auto aufschließen wollte, gleich unterhalb vom Höllenberg!"

„Da is' doch die Nervenklinik", kam vom Autohändler, „gleich unterhalb vom Höllenberg." „Was machst du denn da um die Zeit?"

„Nerv, nerv, nerv!" jammerte Gagné.

„Leute besucht", fing Helmut an, „und wie ich aufschließen will, seh' ich, wie sich direkt neben dem Wagen eine den Maschendraht hochhangelt. Erst seh' ich ihr Gesicht. Dann die Hände, als würde sie Männchen machen. Den Wintermantel über's Nachthemd geworfen. An den Füßen Hausschuhe. Sie war vielleicht siebzig. Einen Meter fünfzig groß. Die Strümpfe waren ihr bis auf die Knöchel gerutscht."

„Wie heißt die Geschichte?" fragte Werner.

„Entmündigt", sagte Helmut. „Ich nenne sie ‚Entmündigt'."

ENTMÜNDIGT

„ICH hätte Angst bekommen", meinte der Autohändler.

„Vor einer Falle vielleicht", sagte Helmut, „Schlag-
zeilen der Seele oder so! Wie in XY! ‚Aufmerksame
Nachbarn! Von Verwandten entmündigt!'"

„Sie fragte mich, wo sie sei und ob ich Bramtmann
und Valerius kenne. Da wurde mir klar, dass sie aus
der Klinik ausgebüchst war."

„Da muss man unheimlich vorsichtig sein", warnte
Gagné. „Ich denke, sie hat dir Geld angeboten?"

„Hunderttausend", antwortete Helmut. „Sie hatte sich
im Zaun verfangen. Ich machte sie los und setzte sie
ins Auto. Während der Fahrt redete sie auf mich ein.
Sie wollte mir nochmal hunderttausend geben."

„Mein Gott", rief der Autohändler.

„Nach drei Minuten Fahrt standen wir vor ‚ner Art
Kaserneneingang. Mit Schranke und Wächterhäus-
chen und so weiter."

Der Autohändler kannte sich aus, „eine richtige kleine
Stadt".

„Was haben die denn da gesagt?" fragte Erlgart.

„Sie sagten, sie müssten telefonieren. Einer ging zum
Telefon und machte Meldung. Ich hörte die Stimme
seines Vorgesetzten durch die Sprechmuschel. Wir

sollten draußen vor der Schranke warten. Jemand komme mit dem Auto."

„Wo ist eigentlich Opaniak?" fragte Erlgart.

„Der ist im Kloster und betet für dich", kam von Gagné.

„Toilette!" sagte Helmut.

„Und wie ging's weiter?" wollte der Autohändler wissen.

„Über 'ne halbe Stunde saßen wir im eiskalten Wagen. Ich sollte sie in die Comeniusstraße fahren, wo ihre Schwester seliggesprochen werde. Aber sie buchstabierte die ganze Zeit an der Leuchtschrift ‚rum: N-e-r-v-e-n-k-l-i-n-i-k! N-e-r-v-e-n-k-l-i-n-i-k! Ich fragte sie, wie man denn seliggesprochen werde. Sie sagte, wie Schwester Theresa."

„Die Macht der Ohnmacht", sagte Erlgart, „stand neulich in der ‚Bunten'."

„In der ‚Neuen' auch", ergänzte der Autohändler.

„Ehre das Alter", riet Philipp, „eh' du an Gräbern stehst und klagst!"

„Bisschen pressi war die vielleicht", sagte Gagné.

„Dann kam ein alter Mann auf einem Damenfahrrad. Er trug eine Strickmütze und lachte ohne Augen. Wie 'n Asiate. Er sagte mir, wir sollten hinter ihm herfahren. Es ging über Wirtschaftswege an Baracken und Verwaltungsgebäuden vorbei. Erinnerte mich an Münchhausen."

„Den Lügenerzähler?" fragte Werner.

„Er wollte im Winter mal draußen übernachten. Morgens lag er auf einem Kirchhof. Nachts hatte es getaut, und er war im Schlaf herabgesunken. Dieselbe Überraschung. Das Licht in der Dunkelheit. Aus einer Bretterbude kam ein Mann mit Spitzbart und stellte sich als Doktor Bramtmann vor. Seine Begleiterin nannte sich Schwester Valeria.“

„Daher hatte die die Namen“, sagte Gagné.

„Der Arzt sagte, er sei froh, dass ich die Alte zurückgebracht habe. Sie flüsterte mir noch ihren Namen zu: Frau Fleck.“

„Ich denke, du bist noch mal rein“, vermutete der Autohändler.

Helmut bestätigte das: „Eine Woche später.“

„In die Baracke?“ fragte Gagné.

„Ja“, sagte Helmut, „der gleiche Weg. Zusammen mit der Schwester. Wir gingen durch ein paar Flure und kamen in einen Raum. Ein Mikrophon hing von der Decke. Sie saß in der Ecke neben einer Stehlampe. Ihr Gesicht war gedunsen.“

„Das kommt vom Cortison und den Beruhigungsspritzen“, erläuterte Erlgart, „womit sie die vollpumpen.“

„Das bringt natürlich in dem Sinn nichts!“ meinte der Autohändler.

„Mir ging die Geschichte der Elisabeth von Thüringen durch den Kopf“, sagte Helmut, „die die Aussätzigen gepflegt hat.“

Gagné dachte an etwas ganz anderes: „Die hat das Geld nie gehabt, zweimal Hunderttausend!"

„Sie erkannte mich gar nicht", man merkte Helmut die Enttäuschung an. „Sie fing an zu weinen."

„Sie hat ihr Leben gelebt", sagte Gagné.

„Fast gratis", schob der Autohändler nach.

„Nichts ist gratis", kam kopfschüttelnd von Helmut. „Nicht mal der Aufenthalt in der komischen Anstalt, wo sie nichts als raus wollte."

„Hilfe!" rief jemand von unten, „in der Dusche ist was passiert!"

„Das darf doch nicht wahr sein, Opaniak", Gagné war aufgesprungen. „Selbstmord, hier im Club, die Blamage!"

„Hilfe", rief nun auch eine Frauenstimme von unten, „Hilfe!"

Wir stürmten nach unten. Die Stimmen waren aus den Duschräumen gekommen.

„Er ist schon eine halbe Stunde drin und kommt nicht raus!" die Frau war ganz aufgeregt.

Vor den Umkleideräumen, hinter denen die Duschen waren, stand eine Menschentraube, aber niemand ging hinein. Wir drängten uns durch. Plötzlich ging die Türe auf. Opaniak stand in einer Duschkabine und sah uns zitternd an. Die chromglänzenden Duschköpfe kamen aus der weiß gekachelten Wand, und wir fragten uns, wer die verrückte Idee vom Selbstmord in die Welt gesetzt hatte. Gagné trafen böse Blicke, die er schulterzuckend quittierte, und wusste, dass er später einiges zu hören bekäme, aber was konnte er für den spontanen Gedanken.

„Verrückt geworden", brummelte Erlgart mehr zu sich selbst. „Eine Andeutung hatte doch genügt. Mein Gott, er hätte doch bloß was zu sagen brauchen! Wenn einer Hilfe braucht, wir sind doch ein Team!"

„Ich wollte mal 'ne halbe Stunde meine Ruhe", Opaniaks Stimme klang belegt. „Wo hab' ich die denn sonst?"

„Was habt ihr mit ihm gemacht?" rief die Frau, die geschrien hatte.

„Was sollen wir mit ihm gemacht haben?" protestierte Gagné.

Wir sahen Opaniak in der Kabine hocken wie ein Häufchen Elend. Ein junger Kerl in hellbrauner Cordjacke über dem Tennisdress hatte ihm die Hand auf die Schulter gelegt und redete beruhigend auf ihn ein.

„Wie habt ihr ihn überhaupt entdeckt?" fragte Werner.

„Er hatte vergessen abzuriegeln", sagte ein anderer, „und Fuchs", er wies auf den jungen Mann in der Cordjacke, „wollte zum Duschen."

Unser Wirt forderte mit kräftiger Stimme: „Es ist nichts passiert, Leute, Sie können wieder gehen."

Die Leute verschwanden immer noch aufgeregt tuschelnd langsam in die Duschen oder nach oben.

Opaniak kam aus seinem Versteck: „Was ist das für ein Scheißleben", stöhnte er dabei, „was haben wir denn erlebt, eine Geschichte trauriger als die andere."

„Der Abfluss zeigt uns, wo's runtergeht", meinte Gagné sarkastisch.

„Red nicht so ein Zeug, du Großmaul", fuhr ihn der Autohändler an.

Plötzlich beeilten sich alle zu versichern, es sei alles gar nicht so traurig gewesen, was sie vorhin erzählt hatten. Eigentlich war es doch aufregend gewesen mit all den kleinen Abenteuern, den Enttäuschungen und Überraschungen. Das verbinde sie doch, gemeinsame Erfahrungen, ein Team. Bis nach dem letzten Tie-Break. Alle wirkten erleichtert.

„Es klang auch bei mir vielleicht alles ein bisschen dramatischer, als es in Wirklichkeit ist", Opaniak hörte sich nun fast optimistisch an. „Im Grunde ist es in meinem Betrieb auch nicht schlimmer als in jedem anderen. Richtig seine Meinung sagen kann man doch nirgends mehr. Außer hier vielleicht."

„Grad' befördert worden", sagte der Autohändler aufmunternd, „eigentlich verzehrst du doch schon die Rente. Andere suchen so etwas. Guter Job bei einer Weltfirma. Haus im Grünen! Rente in Aussicht! Mein Gott!"

„Opaniak", sagte Gagné ganz sanft, „du spinnst!"

„Kurz nach elf", sagte der Autohändler, „Zeit, dass man nach Hause kommt!"

„Wenn man eins hat!" ergänzte Gagné.

„Bis dann!" sprach Edgar, der Autohändler, und ging als erster.

Jens Korbus, 1943 in Ostpreußen geboren. Studierte Germanistik und Philosophie und unterrichtete, nach einem Zwischenspiel als Assistent an der Düsseldorfer Uni, an einem Koblenzer Gymnasium. 1988 erhielt er aus der Hand des rheinland-pfälzischen Kultusministers den Fachinger Kulturpreis für seinen Brief an Goethe. Er veröffentlichte bis heute 17 Bücher, davon sieben über Goethe, sein Umfeld und Motive aus seinem Werk.

Jens Korbus
Deutsche Sommertage
Books on Demand
2016
ISBN:
978-3741207204
80 Seiten
Preis 5,99 EUR

Kurz nach der Wende, im Sommer 1990, sitzen in einem Vorort von Weimar ein paar Leute beim Frühstück, die alle „das neue Land" kennenlernen wollen. Es sind der Westdeutsche Sven mit seiner Freundin Johanna, die Zimmerwirtin Frau Kriesche, Hellinger, ein alter Wehrmachtssoldat und Hartmut, ein DDR-Bürger. Sie schwatzen und erinnern sich. Sven läuft mit seiner Freundin durchs Goethe-Haus und durch Weimar. Am Ende kitten die beiden sogar eine fast schon gescheiterte Ehe.

Jens Korbus
Goethes Krafft
Books on Demand
2017
ISBN: 978-3744873673
100 Seiten
Preis 7,99 EUR

Der historische Johann Friedrich Krafft, dessen wahre Identität unbekannt ist, ist im Jahr 1785 gestorben. Goethe diente der Unbekannte als Zuträger in Ilmenau. Jens Korbus verlegt seine Existenz in die unruhige Zeit kurz nach der Völkerschlacht bei Leipzig ins Jahr 1813. Krafft kämpft in der Nacht des 21. Oktober um sein Überleben. Eine Novelle um Macht, Rivalität und subtile Formen der Ausbeutung. Goethe einmal aus der Perspektive eines von ihm Abhängigen gesehen.

Wird Krafft seine beiden französischen Entführer abschütteln? Wird es ihm gelingen, sich von Goethe freizumachen?